壽功大家

독공의
대가

권이백 신무협 장편소설

ORIENTAL FANTASY STORY & ADVENTURE

dream
books
드림북스

독공의 대가 4

초판 1쇄 인쇄 / 2014년 11월 21일
초판 1쇄 발행 / 2014년 11월 28일

지은이 / 권이백

발행인 / 오영배
책임편집 / 편집부
펴낸 곳 / (주)삼양출판사 · 드림북스

주소 / 서울특별시 강북구 솔샘로67길 92
대표 전화 / 02-980-2112 팩스 / 02-983-0660
편집부 전화 / 02-980-2116 팩스 / 02-983-8201
블로그 / blog.naver.com/dreambookss

등록번호 / 제9-00046호
등록일자 / 1999년 3월 11일

값 8,000원

ISBN 979-11-313-0130-2 (04810) / 979-11-313-0126-5 (세트)

* 지은이와 협의하에 인지는 생략합니다.
* 잘못된 책은 구입한 곳에서 바꾸어 드립니다.

이 도서의 국립중앙도서관 출판시도서목록(CIP)은 서지정보유통지원시스템홈페이지
(http://seoji.nl.go.kr)와 국가자료공동목록시스템(http://www.nl.go.kr/kolisnet)에서
이용하실 수 있습니다. (CIP제어번호: 2014033542)

毒功大家

독공의
대가

4

권이백 신무협 장편소설

ORIENTAL FANTASY STORY & ADVENTURE

dream
books
드림북스

독공의 대가

功 大家

목차

第一章

새로움이란……

전음을 날려보는 왕정이다.

[이제 보니 무공이란 것도 응용하는 게 많은데요?]

—보통은 잡학이라고 하는 것들이긴 하지만…… 네 말대로라면 응용은 응용이구나.

왕정은 학관에서 눈에 띄는 새로운 무공들을 보면서 신이 난 표정을 짓고 있었다. 어린아이 같은 순수한 표정이다.

어지간해서는 무공과 관련된 것에 기분을 내는 일이 없는 왕정이다. 하지만 지금 이 순간은 그게 가능했다.

'햐…… 하다못해 조공이란 것도 있는데 이런 것도 있긴

해야지. 암…… 좋군. 좋아.'

매일 검을 다루고 휘두르는 것만이 무공은 아니다. 더 나아가 십팔반병기를 다룬다 해도 그것이 무공의 전부라고는 할 수는 없었다.

전혀 다른 새로운 무공들도 있었다. 견문으로 듣기야 했었지만 이렇게나 유용한 것들이 많을 줄은 정말 몰랐던 그다.

암기를 던지는 기본적인 방식을 설명해 주는 암전탄(暗戰彈)이란 무공은 기본 중에 기본이었다.

맨손으로 땅을 팔 수 있게 해 주는 토행공(土行工).

물속에서 움직임을 자유롭게 해 주는 수어공(水魚工). 벽을 타고 올라가는 벽호공까지!

별의별 생각지도 못한 무공들이 학관에는 기초무공이랍시고 있었다.

게다가 학관에서 무공을 익히는 수련자들을 위한 것이기에 기초라고 하더라도 무공은 무공이었다.

'이걸 익히면 절세 고수는 못 되더라도 응용은 배울 수 있다 이거지.'

왕정의 특성상 경지에 이르도록 배울 필요도 없었다. 일단 익히기만 하고 적당히 쓸 줄만 아는 것으로도 만족하는 그였다.

그렇게 해서 적당히 쓰게 되면?

뭐 다른 게 있겠는가. 그때부터는 응용이다. 응용.

"후후……."

가까이에 제갈혜미가 자리하고 있을 것을 알기에 조용히 웃는 왕정이었다. 본래 난이도가 높은 것은 아니니 금방 익힐 수 있을 게다.

*　　　*　　　*

토행공의 원리는 간단했다. 손에 진기를 불어 넣고 얼마나 효율성 있게 땅을 팔 수 있냐는 것이 토행공의 원리였다.

물론 이런 간단한 원리를 행하게 만들고, 이를 무공서로 만들려면 많은 노력이 필요하긴 하다.

허나 왕정으로서는 이미 있는 것을 익히는 것이 아니던가. 무공을 만드는 것도 아니고 익히기만 하면 됐다.

게다가 절정에 이른 그가 기초 정도 수준의 무공을 맛뵈기로 익히는 것 정도는 쉬운 일이었다.

파사삭. 파삭.

마치 흙이 운 진흙이라도 된 듯하다. 아니, 본래부터 분쇄되는 것을 기다리기라도 한 것 같다.

"오오…… 좋네요. 이거면 밭을 매는 것도 금방이겠는데요."

토행공을 오래 익힌 것도 아니건만, 처음 사용하기 시작한 토행공은 생각보다 쉬이 사용할 수 있었다.

어디에 쓸지는 아직 논외다. 하지만 필요할 때는 이 정도면 당장에 써먹을 수 있지 않을까 싶을 정도다.

"쉽네요?"

─허허. 기초 무공이지 않느냐. 게다가 네 내공이 보통도 아니고.

하기야 그의 내공은 이 갑자다.

잡학으로 분류되기도 하는 이런 무공들이야 요령만 알면 무지막지한 내공으로 효율을 높일 수 있다.

내공이란 것은 무공을 펼침에 있어서 꽤나 유용한 도구니까.

"헤에…… 이런 게 잡학이라니. 이런 무공들 몇만 보통 사람들이 쓸 수 있어도 일의 효율성이 금방 오르겠는데요?"

─그렇더냐?

"예. 농사만 하더라도 밭을 갈고 하는 게 얼마나 힘들다고요. 다들 소가 있는 것도 아니고요. 아무래도 비싸잖아요?"

그의 설명이 계속된다.

토행공을 이용하면 밭을 매는 것이 쉽다든가, 수어공을 사용하면 좀 더 쉬이 물고기를 잡을 수 있다든가 하는 그런 설명들이었다.

벽호공이나 암전탄이야 실생활에서 쓸모가 없어 보이지만 나머지 둘은 굉장히 쓸모 있어 보였다.

이외에도 학관에서 잡학이라 분류된 것들은 잘만 사용하면 일의 효율성을 높일 수 있는 것들이 많았다.

"기초에 잡학 취급을 받지만 함부로 사람들에게 알려줄 수는 없는 게 아쉽네요."

—허허. 다 그런 게 아니더냐. 비급은 비급이니까.

"예. 저 또한 학관에 스승 자격이 아니었으면 이런 거 익히지도 못했겠죠. 할아버지도 이런 건 잡학이라고 익히지도 않았으니까요."

—허허…….

괜히 민망했는지 허허로운 웃음을 지어 보는 독존황이었다.

지금 익히고 있는 것들이 잡학이라고는 하지만 왕정의 응용력이 더해지게 되면 실전에서도 쓸 수 있지 않겠는가?

자신이 살아생전에 이끌던 문파에도 이런 잡학들이 꽤 있었으니, 그것만 기억해 뒀더라면 왕정에게 꽤나 도움이

됐을 게다.

　'지금이라도 익힐 수 있게 됐으니 다행이지…….'

　라고 생각하면서 독존황은 토행공부터 시작하여, 미리 마련된 수련장과 물품들을 이용하여 암전탄에 이르기까지 수련을 하는 왕정을 가만 지켜보았다.

　지금에는 별거 아닌 것이지만 왕정이라면 분명 언제고 잘 써먹을 때가 있을 것이다.

　쉬이이익!

　"후아. 암기도 보통 어려운 건 아니군요."

　그가 이것저것 잡학에 가까운 것들을 수련하고 있을 때.

　"……."

　그런 그를 멀리서나마 바라보고 있는 이가 하나 있었다.

　뛰어난 천재들이 대대로 배출되는 것으로 유명한 제갈세가. 그곳에서도 알아준다고 하는 제갈혜미가 그 주인공이었다.

*　　*　　*

　학관이 열리기 일주일 전쯤.

　"ㅎㅎㅎ."

　─그만 웃거라. 남이 보면 미친 줄 알겠구나.

"흐흐…… 그래도 좋잖아요. 무공에 이렇게까지 쓸모 있는 것들이 많을 줄이야."

새벽에는 연독기공을 수련하고, 오전에는 기초 무공과 함께 잡학이라 칭해지는 것들을 이론적으로 익히는 그였다.

오후? 그때부터는 실전적으로 움직였다. 땅을 파고, 물에 들어가고, 미친 듯 암기를 날렸으니까.

남이 보면 미친놈이 아닌가 싶을 거다.

하지만, 무림인들이 보기에는 딱 봐도 잡학에 재미가 들린 무인 그 이상 그 이하도 아니었다.

물론 미친놈이라고는 보지 않아도 잡학 따위를 익힌다고 하면 무시를 할 것은 분명했다.

다행인 점이 있다면 아직 학관이 학도들에게 열리지 않아, 이를 볼 사람들이 거의 없다는 거랄까?

굳이 문제를 찾아보자면 그런 그를 매일같이 보고 가는 제갈혜미 정도일 거다.

왕정도 얼마 전부터 그녀를 눈치채기는 했지만, 모른 척했다. 매일 보기는 하되 오랫동안 보는 것도 아니고 아주 잠시 보는 거다.

수련을 방해하는 것도 아닌 데다가 그가 지금 익히고 있는 것 자체가 이곳 학관에 있는 이라면 누구나 익힐 수 있는 것들 아니던가.

딱히 숨겨진 한 수라고 할 만한 것들도 아닌지라, 그녀가 봐도 문제 될 것이 없었기에 그냥 뒀던 것이다.

─그걸 이제 알았더냐? 음? 또 왔구나.

[그런데 오늘은 좀 다른데요?]

그녀가 온 인기척을 느끼고는 웃음을 멈췄던 그다. 아무리 왕정이라고 하더라도 독존황이 아닌 다른 이 앞에서까지 흐흐거리지는 못했다.

왕정 딴에는 적당히 자기 관리를 하는 것이라고 해 두자.

'에?'

─꽤 가까이 오는구나.

[그러게요.]

평상시라면 이삼십 장가량 떨어져서 반의 반각 정도나 보는 게 다인 그녀다. 그런데 오늘은 그와 그녀의 사이가 벌써 십 장 정도로 가까워졌다.

이쯤 되면 아는 척을 해줘야 했다. 평상시와 다르게 변화가 있는 것이니까.

'전에 실례를 한 것도 있으니 조금은 살갑게 해야 하려나?'

왕정이 수련하던 것을 멈추고는 그녀를 바라보며 말했다.

"제갈혜미 소저. 오늘은 무슨 할 말이 있으신 건지요?"

"······예. 중요한 일은 아닙니다. 다만 잠시만 시간을 내주실 수 있을지······."

여리여리함만큼이나 그에 어울리는 목소리다. 왕정이 실수를 했을 때에 혼을 내던 엄한 목소리와는 또 다른 매력이 있었다.

이화나 철아영 정도의 경험이 다인 왕정이지만, 확실한 것은 그녀가 꽤나 독특한 매력을 가지고 있다는 점이었다.

여리여리하면서도, 여리함과는 상반된 단호함을 동시에 갖춘 것도 매력이라면 매력이니까.

"에······ 그럼 뒷정리만 하고 가도 괜찮겠습니까?"

"아."

그제야 제갈혜미가 왕정의 모습을 가만 바라본다.

토행공을 수련하느라 흙투성이가 된 몸에, 수어공까지 더해져서 옷에 흙물이 들 정도였다.

왕정이 조금만 더 어렸더라면 개구쟁이가 하루 종일 흙장난을 쳤겠구나 생각이 들 정도의 모습이었다.

"······예. 그럼 서고에 미리 가서 기다리고 있겠습니다."

"하하. 예. 그럼 빨리 정리하고 가겠습니다."

사냥을 하면서 붙은 체력에 무공을 익히면서 내력까지 더해져서인지 근래에 들어서 덩치가 꽤 커진 왕정이다.

사내다운 모습이랄까? 그런 모습에 조금은 쑥스러움을 느꼈던 것인지 제갈혜미가 얼굴을 작게 붉히며 물러난다.

짧은 대화였지만, 그녀와 대화를 하면 왠지 모르게 여운이 남는다. 그녀만의 독특한 매력이 남기는 흔적일 터다.

"꽃향기가 나는 여인이네요."

─제갈세가의 여식이 맞을까 싶을 정도로 요물 같은 여인이로구나.

"헤에…… 여자한테 요물이 뭐예요, 요물이!"

─허허. 자기도 모르게 남자를 홀리니…… 그렇게밖에 해석이 안 되는 것을 어떻게 하느냐? 도화살을 타고난 게야.

"도화살이라…… 진짜 있긴 한가 보네요."

─아무렴! 자고로 여자는 조심해야 하는…….

혹시나 왕정이 제갈혜미에게 홀리기라도 했을까, 무림에서 왜 여자와 노인을 조심해야 하는지 또 한 번 설명하는 독존황이었다.

왕정은 그런 독존황의 설명을 한 귀로 흘리면서 얼마 전까지만 해도 앞에 있었던 제갈혜미를 떠올렸다.

'확실히…… 도화살이 있을지도.'

묘한 여인이었다. 그녀는.

    *   *   *

"여기예요."

서고에 가자 그녀가 미리 자리를 마련했는지 다과가 준비되어 있었다.

무언가 결심한 것이라도 있는지 그녀는 눈을 반짝이면서 그를 바라보고 있었다. 그 반짝임을 보고 있노라면 역시 그녀는 도화살이 있는 게 확실했다.

'진짜 조심해야겠네.'

왕정은 오면서 정리했던 옷을 다시금 여미고는 그녀에게 다가갔다.

"조금 늦은 거 같아서 죄송합니다."

"아니에요. 딱 예상만큼 걸리셨는걸요."

예상만큼이라. 뒷정리를 하고 여기까지 오는 시간도 계산이 되긴 하는 건가? 모를 일이다.

"그나저나 이렇게 제게 대화를 청한 이유가 무엇이신지요?"

"조금은 실례가 되지 않을까 싶어 미리 사죄를 드립니다."

말이 끝나자마자 그녀가 고개를 숙여온다. 조금은 당황스러운 상황이다.

왕정이 그녀에게 손사래를 치며 말했다.

"네? 아아. 실례라고 할 게 뭐 있겠습니까? 어지간한 건 다 괜찮으니 마음 놓고 말씀해 주시지요."

"예. 감사합니다."

"그래. 무엇이 궁금하신 건지요?"

"독협께서는 명호 그대로 독공을 익히고 계시는 게 맞지요?"

"그렇습니다."

"독공을 익히셨다면 왜 그렇게 많은 것들을 익히고 계시는 건지가 궁금합니다."

"음……."

게다가 알 만한 것을 확인하는 걸 보니, 뭐든 확실히 짚고 넘어가는 게 그녀의 성격인 듯했다.

'익힌 이유라……'

그거 때문에 사죄까지 올린 건가.

하기야 무인에게 있어서 무공을 익히는 이유에 대해서 묻는 건 확실히 실례가 될 수도 있겠다 싶긴 하다.

한편으로는 이해가 가면서도 사죄를 올릴 만한 일인가 싶기도 한 왕정이었다. 굳이 사죄를 안 해도 넘어갈 만 하지 않은가.

적당히 물어도 될 만한 일을 가지고 자리를 마련하고, 사죄까지 하는 것을 보면 그녀의 성격이 좀 짐작이 가는 왕정이었다.

'융통성이 좀 부족한 거려나?'

제갈세가의 천재라는 그녀에게도 부족한 점이 있었던 것이다.

바로 융통성.

왕정은 역시 누구든 완벽한 사람이 있는 것은 아니구나라고 생각을 하면서 그녀에게 설명을 해 주기 시작했다.

"그러니까…… 제가 벽호공이나, 토행공 같은 것을 익히는 이유가 궁금한 거지요? 독공을 익히고도요."

"예. 보통 한 무공에 평생을 바치는 분들이 많으니까요. 게다가 독협께서 익히시는 건 ……혹자들에게는 잡학이라고도 불리기도 하는……."

"아아…… 그렇기야 하지요. 하지만 제 생각은 좀 다릅니다."

자신의 밑천이라고 할 수 있는 독공과 사냥술의 조화에 대해서까지 말은 못하겠지만, 개념 정도는 설명할 수 있었다.

'적당히 해 주면 되겠지.'

누군가에게 설명을 하는 게 익숙지는 않은 그인지라, 어눌한 점도 있었지만 처음치고는 꽤 좋은 설명들이 이어졌다.

"다르시다고요?"

"예. 무공이란 것, 아니 굳이 무공이 아니더라도 많은 것을 알게 되면 여러 면에서 꽤나 큰 효율을 보일 수 있습니다. 예를 들자면 농사에 있어서도……."

왕정은 자신이 평소 응용에 대해 생각하던 것을 설명해 주었다.

밑천까지 털어 줄 수는 없었기에 토행공이나 수어공 등을 익힐 때도 독존황에게 말했던 것들이 주를 이뤘다.

양민이라고 하더라도 토행공을 익히면 농사를 쉽게 지을 수 있겠다는 것이나, 실생활에 도움이 된다거나 하는 그런 설명이었다.

왕정이야 적당히 숨겨 가면서 말을 한 수준이었다. 진짜 그가 응용을 하는 것은 기초 무공들이 아니라 사냥술과 독공의 조화가 주(主)였으니까.

하지만 무공을 가지고 실생활에 효율을 높인다는 점이 그녀에게는 꽤나 신선한 생각이었던 듯하다.

"아! 그런!"

그 고운 입술을 열어 감탄을 표하는 그녀였다. 눈동자도 살짝 흔들리는 것이 꽤 큰 충격을 먹은 것이 분명했다.

왕정을 앞에 두고도 놀라고만 있었던 것을 실례라 여긴

것일까?

"……실례했습니다. 생각지도 못한 고견이군요."

"고견이랄 거까지 있겠습니까."

자신이 생각한 것이 천재라고 알려진 그녀에게 고견이라고 말해질 정도인가? 모를 일이다.

하지만 확실한 것은 제갈혜미는 진심으로 그리 생각을 하고 있는 듯했다.

"아닙니다. 전혀 다른 분야를 함께 더하면 전혀 다른 효율성을 보일 수 있다는 게, 보통 할 수 있는 생각은 아니지요."

"……하하 참. 그렇게까지 봐주시면 감사하다고밖에는 말씀을 못 드리겠군요."

진심으로 저리 생각을 하는 듯하니 왕정으로서도 적당히 받아주는 수밖에는 없었다.

왠지 이 자리가 무겁게 느껴져 왕정은 그만 자리를 떠야겠다 생각했다. 이런 자리 자체가 익숙지 않은 것도 한몫했을 것이다.

"그럼…… 저는 더 일이 없다면……."

"아니, 아니요. 죄송하지만 부탁을 드려도 괜찮을는지요?"

사죄에 이어서 이번에는 부탁이라.

여러모로 당황스러운 상황이지만, 그 미모가 워낙에 뛰어나서인지 그마저도 아름답게 보이는 그녀였다.

"에…… 뭐. 어려운 일이 아니라면야……."

"독협 님께 그리 어려운 일은 아닐 겁니다."

가만 듣고 있노라면 해골독협에서 해골이라는 말은 싫어하는 걸 알고 빼서 말하는 듯했다. 확실히 예의는 있는 그녀다.

여러 가지 의미에서 당가의 당이운과는 비교가 되는 그녀였다. 덕분에 그녀에 대한 호감도가 올라가는 왕정이다.

"일단 들어나 보지요."

"괜찮으시다면, 하루에 조금씩 시간을 할애해 주셨으면 합니다."

"시간이요?"

"예. 독협 님께서 말하신 응용에 대해서 좀 더 공부하고 싶습니다."

공부라. 자신과 비슷한 나이에 진법만으로 학관의 진법 선생으로까지 초빙이 되는 실력인데 더 공부가 필요한 것인가.

'학구열이 보통이 아니네…….'

귀찮음을 싫어하는 그이지만 왠지 거절을 하기에는 꺼림칙했다. 미인이기에 더더욱 그러한 것일지도 모른다.

그가 고민을 하고 있던 찰나에, 독존황의 음성이 들려온다.

　—하는 게 좋을 거 같구나. 네가 응용력을 더 기를 거야 없겠지만, 토론을 하다 보면 배우는 게 있을 게다.

　[정말 그럴까요?]

　—물론이다. 어리다고 하지만 학관의 스승으로 올 정도의 아해다. 배울 점이 없을 리가 없다.

　[그렇기야 하지만…….]

　—어허. 귀찮아하지 말거라. 이런 경험이 다 피가 되고 살이 될 터이니. 게다가 당가와 사이도 안 좋은 참에 제갈가와 인연을 쌓는 것도 좋은 일 아니더냐.

　독존황은 왕정이 이번 일을 기회로 학관에서 많은 것을 배우기를 원하는 듯했다.

　기초 무공을 익히는 것에서부터 시작을 해서, 비무를 구경하는 것으로도 모자란 듯했다. 제갈혜미와의 교류까지 원하고 있는 것이다. 덤으로 제갈가와의 인연을 쌓는 것도 더해진다.

　'확실히 할아버지가 내게 나쁜 걸 시키는 것은 아니니까. 거기다 제갈세가라…… 친해져서 나쁠 게 없긴 하지.'

　천재라 불리면서도 학구열에 불타는 그녀와 교류를 하다 보면 분명 뭔가 얻는 것이 있을 게다.

자신의 입장에서는 적당히 귀찮음만 감수하면 되는 것이다.

많이 계산적이긴 하지만 확실히 이득이 안 되지는 않았다.

그가 꽤 오래 고민을 하고 있는 듯하자, 그녀가 불안한 얼굴로 묻는다.

"저기…… 안 되시는 건지요?"

표정에 불안함이 그대로 드러나는 것이 융통성도 융통성이지만, 표정 관리도 잘 못하는 그녀였다.

천재라는 그늘 속에 가려져 있던 그녀의 묘한 매력들이 속속들이 드러나고 있었다.

"흠흠…… 그럼 언제부터 시간을 내면 될지요?"

"아!"

다시 얼굴 표정이 환해지는 그녀다.

"괜찮으시다면 바로 해도 됩니다."

"바로요?"

"예. 토행공을 응용하는 것에서부터 시작해서 나아가서는 제가 익히는 진법에까지 응용하는 것을 함께 이야기해 보고 싶습니다. 그 시작은……."

새가 지저귀듯 갑자기 말이 많아지는 그녀다. 열정에 불타오르는 모습마저도 귀엽기 그지없었다.

비록 지금은 많은 것을 배우지 못할지라도 시작이 반이라는 말도 있지 않던가?

그녀와 함께 교류를 하다 보면 분명 배우는 게 많아질 게다. 괜히 천재는 아니니까.

'진법부터 시작인가. 좋군.'

그렇게 왕정은 생각지도 못한 인연을 그녀와 함께 쌓아가며 학관에서의 남은 시간들을 보내고 있었다.

교류의 장의 시작이었다.

第二章

작은 인연들을 쌓다

"간단히 말하면 진법이라는 거 자체가 비틈과 동시에 순리를 찾아가는 방식이잖아요?"

"그렇지요."

진법만 놓고 보면 제갈혜미의 수준을 절대로 따라잡을 수 없는 왕정이다. 하지만 이런 식의 대화 정도는 할 수 있었다.

지금 중요한 것은 진법의 수준이 아닌, 진법 외에 다른 것을 더하거나 응용하는 것이니까.

"그러니까 결국 그 순리라는 것도 꼭 땅 위에서만 할 필요는 없다 이거죠."

"땅 위가 아니라구요?"

"네. 토행공으로 땅을 순간적으로 파고 간단한 진이라도 설치하면 그 난이도가 훨씬 더 높아지지 않을까요?"

왕정의 생각은 고쳐야 할 점이 많긴 하다.

실제로 그의 방식을 실행하기 위해서는 안 그래도 설치하기 힘든 진을 더욱 어렵게 설치해야 했다.

땅 위에 설치하던 것을 땅속에 설치한다는 개념으로 다시 변환하려면 그가 말한 비틀과 순리를 다시금 계산해야 하기 때문이다.

하지만 이 정도야 제갈세가에서도 천재라고 칭해지는 제갈혜미로서는 쉬운 계산이었다.

단지 그녀에게 중요한 것은.

"확실히 그럴듯하네요. 진을 해체하는 기본이 달라지게 되니까요."

진을 해체하는 방법은 크게 셋 중 하나다.

무지막지한 힘으로 깨부순다가 첫째요. 진을 지나갈 생문을 찾는 것이 둘째다.

셋째는 진 자체를 순식간에 분석해서 진의 설치 그 자체를 해체하는 것이다.

이 정도쯤이야 왕정도 제갈혜미도 알았다.

"힘으로 깨부수는 거나 생문을 찾는 것이야 어쩔 수 없다 치고…… 일단 땅 속에만 설치를 하더라도 진 자체를 해체하는 데 시간이 걸릴 수밖에 없단 말이죠."

"땅속에 설치한다는 개념 자체가 새로운 것이니까요?"

"예. 보통 진법가들의 경우에는 진을 해체하려고 들 텐데…… 땅에만 설치해도 확실히 힘들어지겠죠."

"그렇긴 하겠네요."

토행공을 쓰는 것도, 땅 아래에 진을 설치한다는 응용의 개념도 생각보다 쉬운 개념이다. 하지만 이런 개념을 잘만 사용해도 그 효과가 꽤 컸다.

"쉬운 것들이야 그렇다 쳐도 어려운 것들을 이런 식으로 응용하면 확실히 난이도가 많이 올라가겠네요."

"바로 그런 거죠!"

단 며칠 간 대화를 한 것일 뿐인데도 그녀는 이해가 빨랐다.

"토행공만 잘 사용하면 나무 안에 설치도 가능해질 테고…… 음. 연구는 해 봐야겠지만 확실히 흥미로운 것은 사실이에요."

"나무 안이라, 확실히 그것도 좋겠네요."

단순히 그가 생각하는 응용을 뛰어넘어 그 이상의 응용도 생각해 내곤 했으니까. 덕분에 왕정으로서도 그가 생각하지 못한 응용들에 대해서 배우고 있었다.

'할아버지의 말대로 교류가 중요하긴 한 거 같단 말이지.'

그동안은 독불장군 식으로 자신만의 수련을 하거나 응용을 해냈던 그다. 응용을 하더라도 모두 그만의 생각으로부터 나왔다.

하지만 제갈혜미와 대화를 하고부터는 다른 이들로부터도 도움을 받아서 응용의 방식을 넓히는 것도 나쁘지 않겠다 생각해 보는 그였다.

자신만의 방식을 고집하는 것에서 다른 이들과 함께하는 방식도 더하려 생각을 바꾸는 것이다.

보통은 자기만의 방식을 고집하는 법인데, 이런 면에서 왕정은 꽤나 열린 이라고 할 수 있겠다.

효율만 좋다면 일단 받아들이고 보는 게 그이니까.

"그럼 이런 건 또 어떨까요. 이번에는 수어공과 암전탄의 응용인데 말이지요."

아직은 잡학의 수준이다. 잡학 혹은 기초적인 이야기에서 서로 공유하고 이야기를 나누는 게 다.

하지만 이것만으로도 둘은 서로 간에 발전을 얻어가고 있었다.

*   *   *

홍밋거리를 가지고 이야기를 나누다 보면 시간이 가는 줄도 모르게 빨리 지나가곤 한다.

그래서인지 그녀와 응용에 관한 이야기들을 나누다 보면 어느새 낮을 지나 밤에 도달하고는 했다.

"시간 빠르게 가네요. 신시(15—17시)부터 이야기를 나눈 거 같은데 벌써 술시(19—21시)는 지난 거 같아요."

—그래도 얻는 게 많지 않더냐?

"확실히요. 전혀 다른 시각을 볼 수 있달까요? 생각보다 많이 배우는 거 같긴 해요."

—그거면 충분하지 않느냐? 몇 시진 정도는 투자할 가치가 있는 교류다.

"예. 그렇긴 하네요."

학관이 열리기 전까지 잡학이라 불리는 것들에 대한 기초를 얻어갔다. 대성을 한 것은 아니지만 조금만 더 수련하면 당장 써먹는 데 문제는 없을 거다.

굳이 대성을 하지 않아도 상관없다.

무지막지한 내공을 이용하면 대성을 한 것처럼 능력을 보일 수도 있을 게다.

'그거면 충분하지……'

거기다 제갈혜미와의 대화들로 많은 것을 얻어가고 있었

다.

왕정보다 응용력은 떨어지는 제갈혜미지만 일단 배우면 써먹을 줄을 알았다. 게다가 그가 생각하지 못한 것들을 보이기도 했다.

그녀가 보여준 생각과 시각들을 자신의 것으로만 한다면 앞으로도 충분히 도움이 될 것이 분명했다.

"이제 학관만 열리면 비무를 지켜보면서 얻을 게 또 있겠네요."

—그럴 게다. 그런데 생각보다 적극적이구나? 네 성격대로라면 전처럼 귀찮아했을 텐데 말이다.

"헤에…… 아무래도 무공에 재미가 조금씩은 붙고 있기도 하고. 제갈혜미 소저를 겪어 보니 다른 이들로부터 배울 만한 것들도 많은 거 같긴 해서요."

—좋은 태도다. 하지만 일단 그 이전에…….

"예이. 예이. 알고 있어요. 제가 부족한 거부터 채워야겠지요."

—그래. 어서 자리를 잡거라.

응용하는 것도 좋다.

다른 사람의 시선을 배우는 것도 좋다. 시야를 넓히는 것도 좋다. 하지만 그 이전에 본신의 실력부터 키워야 했다.

정의문이 침술을 이용해서 몇 배는 강해질 수 있음에도

천하를 제패하지 못하는 이유가 무엇이던가?

몇 배 더 강해지기 이전에 본신의 실력을 기를 만한 능력이 없어서다. 본 실력이 낮으니, 몇 배로 뻥튀기해 봐야 거기서 거기인 거다.

이는 왕정도 마찬가지였다. 실력을 키워야 했다.

'지금의 나에게 부족한 것은 내공의 순일(純一)이다.'

독공이나 색공을 익히는 자들의 한계라고도 칭해지는 것이 내공의 순일성이다.

여러 가지 독을 흡수해서 수련을 하다 보면 독의 능력은 올라가지만 자연스레 여러 독들이 섞이게 된다.

왕정 또한 여러 독을 얻은 덕분에 많은 방식으로 독을 응용할 수 있지만 내공의 순일성 자체는 떨어진다.

'그걸 올려야 한다.'

그래야만 좀 더 빠르게 내공을 펼치고, 자신의 영역을 넓히는 것이 가능해 질 거다. 그 외에 많은 득을 얻을 수 있을 터.

단순한 수련이다. 지루하기 그지없는 수련이지만 지금 당장에 이뤄져야 할 수련이기도 했다.

위로 올라가기 위해서는 순일함이 절실하니까.

"후읍……."

그가 이제는 익숙해진 연독기공에 점차 빠져들기 시작했

다.

지루한 과정 끝에 조금씩이지만 앞으로 나아갈 수 있는
토대를 쌓아가고 있었다.

* * *

수련. 대화. 수련. 발전.

같은 것들의 반복이고 지루할 수 있는 시간이었지만 그
어느 때보다 풍족하게 시간을 보내고 있는 왕정이었다.

순식간에 일주일이 화살같이 지나가서 곧 있으면 학관이
문을 열 시간까지 다가오고 있었다.

이제는 학관에 예비 무도생들이 거의 들어온지라 그의
잡학 수련에 많은 시선들이 모여들고 있을 정도였다.

"본 학관에 찾은 수련 생도들에게 고한다."

관철성이라 불리는 관언이다.

그가 수련생들을 위해서 일장 연설을 하고 있었다. 그들
의 사기를 고취시키기 위함이다.

학관에 처음 들어선 수련생들에게 있어서는 그만한 연설
자도 없을 게다.

그는 무림정의수호학관 출신으로 무림맹의 수뇌에까지
오른 상징적인 인물이기도 한 이이다.

그리 길지는 않은 그의 연설이 끝이 나고.

"……그럼으로써 그대들이 이곳에 온 것에 환영한다. 내일부터는 본격적인 수련이 시작될 터이니 모두 마지막 휴식을 즐기도록!"

"와아아아!"

학관 출신으로서 성공했다 할 수 있는 그를 보면서 수련생들 모두가 눈을 빛낸다.

비록 이곳이 구파일방이나 오대세가의 직계보다는 교육의 질이 떨어질 수 있다 하더라도, 노력하면 할 수 있다는 희망을 관언이 심어줬기 때문이리라.

그의 연설이 끝남으로써 입학식이라 할 수 있는 공식적인 행사들이 끝난다. 남은 것은 먹고 마시는 것뿐이다.

즉, 연회다.

"하하하. 본인은 운남상가의 상일운이라고 합니다. 사해가 동도라 하지 않았습니까? 모두 잘 부탁드립니다."

왕정과 시비가 붙을 뻔했던 이들부터.

"잘 부탁드립니다. 소제는 무당파의 혜원이라고 합니다."

"본인은 황보세가의……."

"저는 남궁세가의 남궁청이라고 합니다."

무슨 이유에서인지 전대보다 많은 구파일방과 오대세가

의 인물들이 학관에서 자신들을 소개한다.

이들이 본가, 본문에서 수련을 할 수 있음에도 이곳 학관으로 온 것에는 무슨 목적이 있어서이리라.

그렇게 학도들은 학도들대로 연회를 즐기고 있을 무렵, 다른 한편에서는 학관의 사범 역을 맡은 이들끼리의 연회 또한 함께 이어지고 있었다.

"허허. 다들 수고 많으셨습니다."

이곳에서 가장 높은 직위를 가지고 있을 만한 이는 관언이었다.

그렇기에 그가 상석이었다.

나머지들은 가장 상석인 관언의 양옆으로 각자 자리를 잡고 있었다. 그들의 출신, 무위 등에 따라서 암묵적으로 정해진 위치들이었다.

왕정의 경우에는 그들에게 실력으로 빠질 것은 없으나, 딱히 튈 이유도 없었기에 가장 하석에 가서 앉았다.

"허허. 이번에는 괜찮은 이들이 많더구려."

"안 그래도 남궁가에서 꽤 괜찮은 아이를 보냈다지요? 기대주라면 학관보다 세가가 나을지도 모르는데 말이지요."

"그거야 그네들 사정이 아니겠습니까? 게다가……."

이야기를 나누던 사범 중 하나가 관언을 바라본다. 이곳 학관 출신인 그 앞에서 학관을 무시해 봐야 좋을 게 없다는 눈치다.

"크흠흠…… 이곳 교육이 나쁠 것도 없지요. 허허."

"그러믄요!"

이런 이야기를 들었을 법도 하건만 관언은 묵묵부답을 일관했다.

'지루하군…….'

학관 출신이라고 평생 무시를 받아왔던 그로서는 저 치들의 이야기야 신경도 쓰지 않았다.

저런 대화를 두고 하나하나 반응을 해 보았자 자신만 피곤하다는 것을 알고 있는 것이다.

언제쯤 이 지루한 연회에서 벗어날까 가만 생각을 하고 있던 관언의 눈에 가장 하석에 있던 왕정이 눈에 든다.

그는 이 지루하기만 한 연회가 뭐가 좋은 것인지, 신이 난 표정으로 연회에 준비된 음식들을 마음껏 먹고 있었다. 아니, 먹는 정도가 아니라 흡입하는 수준이었다.

'허허…….'

체면을 위해서인지 앞에 진수성찬이 마련되어 있음에도 대화에만 열중하는 다른 이들과는 차별되는 그런 모습이었다.

게다가 제갈혜미가 왕정의 옆에 자리해서는 대화를 하고

있는 것 또한 의외였다.

　나이가 조금이라도 어린 사범들의 경우에는 어떻게든 그녀와 대화를 해 보려고 눈치를 보고 있다.

　헌데 왕정은 그녀를 두고도 오직 음식만을 흡수할 뿐이었다.

　지루하던 가운데 재미있는 광경을 보아서인지 조금이나마 지루함이 풀어진 관언이었다.

　'물러날 때 물러나더라도 대화를 한번 해 보는 것이 좋겠군.'

　관언이 자리를 박차고 일어나 큰 덩치를 일으켜 세운다. 그러고는 술독을 그대로 들어 말한다.

　"이 관모가 부족하지만 한 잔씩 올리겠소이다."

　"허허. 좋습니다. 좋아요."

　"영광입니다. 이거 살다 보니 관철성의 술도 받아 볼 수 있군요."

　가장 상석에 위치한 그가 술을 따라준다는데 마다하는 자가 누가 있으랴. 그렇게 그의 발걸음은 상석에서부터 하석으로 점차 이어져 나갔다.

　"허허. 올해도 잘 부탁드립니다."

　눈인사를 하는 자들에서부터.

　"크흠…… 감사하오이다."

그가 수뇌가 되던 당시 반대를 했던 구파일방 출신들은 떨떠름한 얼굴로 술잔을 받아 들곤 했다.

그가 수뇌가 된 것은 오래된 일이지만 아직도 기억을 하고 있는 것이다.

'좀생이들 같기는……'

호탕하다면 호탕한 성격을 가진 그로서는 저런 치들이 우스울 뿐이었다.

그렇게 몇 석이나 아래로 내려갔을까? 드디어 그의 지루함을 깨어 줬던 왕정에게까지 순서가 가게 되었다.

"허허. 한 잔 받지 않겠는가?"

"감사히 받겠습니다. 하지만……"

"하지만……?"

하지만이라니? 자신이 술을 주는데도 마다할 이유가 있는 것인가?

중원에서 술을 권유받고 거절하는 것은 예의가 아니다. 술을 건넨 자에게는 아주 심한 모욕이 될 수도 있는 것이다.

하지만 아무리 봐도 왕정이 관언에게 모욕을 주려고 그러는 것은 아닌 것 같았다. 관언이 가만 왕정을 바라보고 있자 왕정이 구구절절 설명을 해 준다.

"제가 아직은 술을 입에 대어 본 적이 없는지라……. 아직 나이도 차지 못하였고⋯⋯."

"하하. 하하하⋯⋯."

관언은 허례허식에 갇혀 있던 허허로운 웃음을 버리고는 오랜만에 호탕하게 웃었다.

사범의 자격으로 온 자가 아직 술도 해 보지 못했다니? 음식을 흡입까지 하던 치가 아직 술도 못 대 볼 만큼 어린 자인 건가?

해골독협이란 자가 특이한 성격에다가, 나이도 어리다고는 들었지만 이 정도로 어린 줄은 처음 알았다.

너털웃음을 짓던 그가 왕정에게 물었다.

"그래도 이제는 술을 배워야 할 때가 아닌가?"

"그렇기는 합니다만⋯⋯ 이런 연회에서부터 술을 배웠다가는 술버릇이 나빠진다는 말을 들어서⋯⋯."

"하하. 어른을 마주하고 술을 배워야 하긴 하지. 보자아⋯⋯ 그럼 오늘은 기회가 아닌 것인가."

가만 생각에 잠기던 그였다.

왠지 모르겠지만, 재밌기만 한 해골독협이란 아이다. 그 별호만큼이나 특이했고, 무언가 자신에게 유쾌함을 주는 이가 눈앞의 왕정이었다.

아마도 이것저것 재어 보는 다른 무인들보다는 순수하기에 그런 느낌을 받는 것이리라.

이번 일을 기회로 왕정과 친하게 지내 보았자 나쁠 것이 없다 여긴 관언은 그에게 제안을 하나 하였다.

"허허. 내 자네만 괜찮다면 다음을 기회로 술 한잔 가르쳐 주고 싶군."

"네?"

"어른이 술을 가르쳐 줘야 한다고 알고 있지 않는가. 나 정도면 그래도 가르쳐 줘도 되지 않겠는가?"

"아……."

잠시 뜸을 들이던 왕정이 이내 결심을 했는지 말한다.

"감사히 다음 기회를 받겠습니다."

"하하. 그래 좋군. 좋아. 그럼 내 다음을 빌겠네."

그가 흥밋거리를 발견한 개구쟁이처럼 한참을 웃더니 왕정의 술잔에 술만 따라주고는 마지막으로 크게 외친다.

"자아, 드실 분들은 드셔야 하지 않겠습니까? 독협은 내 다음에 술을 가르치고 따로 주도를 가르칠 터이니! 나머지 분들은 함께 한잔 하시지요. 학관을 위하여!"

"학관을 위하여!"

그때부터 연회는 본격적으로 시작되었다.

가장 상석에 있던 관언이 술을 올리고 나서부터는 너도 나도 흥청망청 마시기 시작한 것이다.

왕정은 아직 술을 즐길 줄은 모르는지라 끊임없이 음식

만 흡입하며 있을 뿐이었다. 그런 그를 지루하지도 않은지 가만히 바라보던 제갈혜미가 입을 열었다.

"좋은 인연을 쌓으셨네요?"

"인연이요?"

―관언이라는 이를 말한 걸게다.

"예. 무림맹 내에 파벌을 떠나서 여러모로 관언 님을 흠모하는 분들이 꽤 되거든요?"

"그래요?"

다만 무림의 정보에 대해서까지는 아직 밝지 못한 왕정으로서는 그 가치를 잘 모를 뿐이었다.

근래에 들어서는 무림에 대해서 공부를 하고 있긴 하지만, 이런 세세한 부분들까지 알고 있기는 역시 무리인 것이다.

"예. 그런 거예요. 가끔 보면 독협께서는 현 무림의 정세는 잘 모르시는 거 같아요."

"에…… 솔직히 잘 모릅니다."

모르는 건 모르는 거다.

왕정은 모르는 걸 안다 우길 생각도 없었기에 순순히 인정했다. 생각지도 못한 왕정의 순수함을 봐서일까?

"풋…… 가끔 보면 독협께서는 너무 순수하시다니까요."

"그런가요?"

"예. 보통은 몰라도 아는 척을 한다고요. 모르는 것을 말하면 손해를 본다고 생각을 하니까요."

"그것도 몰랐네요. 그치만 모르는 걸 안다고 해봐야 얻는 것도 없잖아요? 차라리 모른다고 말하고 배우는 것이 낫죠."

응용력과 함께 끊임없이 배워가는 것. 그게 왕정의 장점일지도 모른다. 또한 그녀에게 새로운 인상을 주는 말이기도 했다.

'모르면 배울 수 있다라······.'

모름을 인정하고 배운다는 것. 자칫 잘못하면 모른다는 것에 자존심이 상할 텐데도 그는 배우겠다 말한다.

천재라 불리는 자신 앞에서 자존심이 상하지 않겠다는 명목으로 잘 모르는 것을 가지고 아는 척을 하던 다른 이들과는 전혀 다른 관점이었다.

제갈혜미 자신으로서도 새롭게 여길 만한 관점이기도 했다.

"언제나 독협께서는 생각지도 못한 말을 하시네요. 그런 게 열린 사람이란 거겠죠? 사고방식이든 배움이든 말이에요."

"저는 무지렁이라 그런 말은 잘 모릅니다. 그저 상황에 맞춰 열심히 사는 거지요."

"흐음……."

제갈혜미가 그를 가만 바라본다.

때로는 현인(賢人)같이 말하면서도, 또 때로는 정말 순박한 무지렁이라도 된 듯 말하는 왕정이다.

지금까지 봐 왔던 이들과는 전혀 다른 모습이기에 제갈혜미는 시간이 갈수록 그에 대한 호기심과 흥미가 깊어지고 있었다.

'당가와 척을 져서…… 더 친해지면 안 될지도 모르는데…….'

제갈세가와 당가의 관계를 생각하면 독협과 더 친해져서 좋을 것은 없었다.

하지만 한 명의 여인이자 개인으로서는 호기심이 계속 생기는 것을 어떻게 하겠는가.

왠지 모르게 고민이 되려는 찰나, 자신을 가만 바라보는 제갈혜미의 시선에 쑥스러움을 느낀 건지 왕정이 어색하게 웃으며 말한다.

"하하. 어려운 이야기는 다음에 하지요. 내일도 토론의 시간이 있지 않겠습니까?"

"……예."

자신이 제갈혜미에게 고민을 준 걸 아는지 모르는지, 왕

정은 다시금 음식을 먹기 시작했다. 그런 그를 바라보는 그
녀는 작게 읊조려 볼 뿐이었다.

'……바보.'

잠시의 시간이 지나고 그날의 연회는 별다른 소요가 없
이 끝이 나게 되었다. 술을 올린 관언이 얼마 있지 않아 일
을 핑계로 물러났기 때문이다.

왕정에게 작은 인연들이 쌓여가고 있었다.

第三章

백문이 불여일견

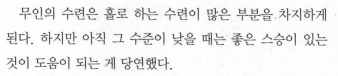

　무인의 수련은 홀로 하는 수련이 많은 부분을 차지하게 된다. 하지만 아직 그 수준이 낮을 때는 좋은 스승이 있는 것이 도움이 되는 게 당연했다.

　단계에 맞는 수련이 있는 법이다. 학관의 경우 수준이 낮은 자도 높은 자도 있기에 모두에 맞는 수련법을 만들 수는 없었다.

　그래서인지 무공이 낮든 높든 간에 도움이 될 수 있는 수련이 주로 구성되어 있었다. 지금 이뤄지는 대련도 그러한 수련 중에 하나였다.

　실전만큼은 못하더라도 무기를 들고 대련을 하는 것만한

수련법도 없는 것이다.

학관에는 많은 대련장이 마련되어 있는데 그중 하나에 왕정 또한 자리를 잡고 있었다.

독 저항 수련이 아직 이뤄지지 않아 시간이 남는 것도 있지만 그로서도 목적이 있기에 이곳에 자리를 잡은 것이다.

그의 목적은 일견(一見). 보지 못한 많은 무공들을 보고 익힐 생각인 그다.

―많은 것을 보거라. 경험이고 수련이다. 네가 경지는 높아졌어도 다른 이들보다 부족함이 많으니 이를 기회로 채워야 할 게다.

[예.]

소매에 매화가 수놓아진 이와 찢어진 눈이 특징인 한 사내가 서로를 마주하고 대련장에 올라서 있었다.

"화산파의 속가제자인 문지우라고 합니다."

"상서세가의 상운이라고 합니다."

화산파야 더 말한 것도 없는 문파다.

속가 제자라지만 소매에 수놓아진 매화의 수가 셋을 넘는 것을 보아하니 그 능력이 부족한 자는 아니었다.

상서세가야 과거에는 그 세가 작기 그지없었지만, 현 가주가 초절정에 이르고서는 세가 올라가고 있는 가문이 아니던가.

─둘의 기세를 보아하니 척 봐도 배울 점이 많을 게다.

[검과 검끼리 싸우는 것도 그러하고…… 둘이 비슷한 기도를 보이니 확실히 그렇긴 하겠네요.]

왕정과 독존황의 평이 끝나자마자 어느샌가 검집에서 나온 둘의 검이 부딪치기 시작한다.

매화검법을 익힌 것인가? 아니다. 속가제자가 매화검법까지 익히는 경우는 드물다.

하지만 화려하기까지 한 그의 무공을 보고 있노라면, 뿌리는 매화검법인 게 분명한 무공이었다.

독존황도 달리 말을 하지 않는 것으로 보아서는, 창안 된 지 얼마 안 된 무공이거나 위력이 약해 잘 알려지지 않은 무공이었다.

하지만 그 기세를 보고 있노라면 약한 무공은 결코 아니었다.

"난화검법이네요."

해답은 옆에서 가만 대련을 바라보고 있던 제갈혜미가 내줬다.

"난화검법요?"

"예. 전대에 화산파 장문인께서 아끼던 속가 제자를 위해서 만들어 줬다고 알려진 검법이에요. 괴이막측하기까지 한 변화로 유명하기도 한 검법이지요."

제갈혜미의 말을 증명이라도 하려는 것인가.

화려하던 문지우의 검이 생각지도 못한 방향으로 꺾이며 상운이라는 자를 압박하기 시작한다.

"호오……."

상운이란 자도 보통은 아니었다.

난화검법에 대해서 미리 들어 알고 있었는지, 괴이막측한 검의 방향에 당황할 법도 하건만 용케도 잘 막아 내고 있었다.

비록 수세에 몰려 있다고 하더라도 이번 수련을 통해서 배우는 바가 많을 것이다.

'확실히 많이 봐야 배운다는 게 무슨 말인지 알 만하군…….'

저 무공들을 전혀 몰랐다면, 아니 보지 못했다면 실전에서 꽤나 해를 입었을지도 모른다. 때론 모른다는 것은 치명적인 결과를 낳는 법이니까.

한 수, 한 수 볼 때마다 얻는 바가 분명 있었다.

"……졌소."

결국 수세에 몰리던 상운세가의 상운이 패배를 인정했다. 서로 살초를 펼칠 수도, 최후의 절초를 펼칠 수도 없었기에 딱 적당한 수준에서 끝났다.

"좋은 대련이었습니다."

"저 또한 좋은 경험을 했습니다."

서로 적당히 예를 올리고, 대련장에서 물러난다.

지금 이 순간 진 상운이란 자도 언젠가는 대련에서 이기는 날이 올 것이다. 문지우라는 자가 패배할 날이 올지도 모를 터다.

승패병가지상사(勝敗兵家之常事)라는 말이 가장 어울리는 곳이 바로 이곳 대련장인 것이다. 한번 패배를 했다하여 영원한 패배자가 되는 것은 아니니까.

문지우와 상운이 물러나고 바로 다음 대련이 이뤄졌다.

검과 검, 도와 검, 봉과 도. 모두 정파 무인이었기에 무림에서 말해지는 괴이한 병기들은 의외로 찾아 볼 수가 없었다.

'오늘은 이만 움직여 볼까나…….'

몇 번의 수련을 보는 것으로 많은 부분을 보고 배운 왕정이다. 아직 이곳에서 대련이 더 이뤄지겠지만 일단 자리를 떴다.

보고 배운 것을 정리해야 하기도 할뿐더러, 다른 일정이 있으니 그 또한 움직이는 것이다. 그런 그를 따라 제갈혜미 또한 움직여 왔다.

"가시는 건가요?"

"예. 더 알아도 좋겠지만, 저도 수련을 해야 하지 않겠습니까? 하하."

"수련이요?"

그녀가 궁금한지 묻는다. 학관이 열리고부터는 수어공이나 토행공 수련을 멈춘 왕정이었다. 보는 시선도 있고 얻을 것은 얻었기 때문이다.

덕분에 그녀와 토론을 하는 때를 제외하고는 달리 수련을 하는 것을 보여 주지 않았다. 그런데 난데없이 수련이라니 그녀가 궁금할 수밖에.

"예. 본업에도 충실해야지요."

"독공을 익히시려고 하는 거군요."

"예. 독 저항 수련도 돕고 해야 하니 점검도 해야 하구요."

"……그렇다면 막을 수가 없겠네요. 그래도 있다 유시부터는 아시죠?"

"아무렴요. 여부가 있겠습니까?"

"예. 그럼 먼저 가서 기다리고 있을게요."

같이 대화를 나누는 시간은 빠지지 말라는 소리다.

근래에 들어서 그는 응용에 대해서 이야기를 하고, 그녀는 그에게 현 무림의 정세에 대해서 알려주는 것이 주된 내용이었다.

서로에게 득이 되는 대화이기에 빠질 이유가 없었다.

‘일단은 수련부터 해볼까나…….’

유시까지 시간을 벌은 그는 사범으로 들어온 자신을 위한 훈련장으로 몸을 움직였다.

＊　　　＊　　　＊

"급조했다고 들었는데…… 꽤 좋네요."

─괜찮긴 하구나.

훈련장은 그를 위해서 마련된 곳이기도 하지만, 수련생들의 독 저항 훈련을 하기 위한 공간이기도 하다.

아직까지는 독 저항 수련을 하기까지 시간이 남아 있었기에 현재로서는 그 홀로 사용하고 있는 곳이다.

본래 이곳 훈련장은 그가 오기 이전에는 없던 곳이라고 들었는데, 급조한 곳 치고는 꽤나 잘 만들어졌다.

고풍스러움은 없더라도 보기 좋게 만들어진 것은 물론이다. 독이 새어나가지 않게 하기 위한 진법과 기관들도 제법 잘 설치가 되어 있을 정도였다.

방음 또한 기본이었다. 해서 왕정은 이곳에서만큼은 홀로 있었던 것처럼 편안히 수련을 하곤 했다.

─내공의 순일함도 순일함이지만…… 가만 생각해 보니 너는 절정의 경지라도 부족한 부분이 너무 많다.

"그래요?"

―그래. 단순히 내공이 많은 것만으로는 안 된다. 경험이야 보면서 배우고, 실제 경험하면서 쌓는다고 치더라도 독 그 자체의 부족함도 문제다.

"흐음…… 그 부분들은 시간이 필요한 부분들이죠?"

―그렇다. 그러니 당장에 수련을 하라 말하지 않는 것이지. 뭐든 단계가 있는 법이니 일단은 내공의 순일함부터 꾸준히 수련하자꾸나.

"예. 겸사겸사 부족한 것들도 채우고요."

끊임없이 수련을 하다 보면, 언제고 진정한 절정 고수에 어울리는 모습을 갖출 수 있을 것이다.

그렇게 왕정은 한 발, 한 발 나아가고 있었다.

*　　　*　　　*

수련 뒤 유시부터는 그녀와의 대화다.

"……해서 현 무림은 무림맹과 사혈련으로 나뉘어 있는 상황이라고 보시면 됩니다. 지역마다 있는 고수들은 넘어간다손 치더라도, 새외 세력과 마교 또한 신경 써야 할 대상이지요."

무림의 현 정세는 복잡하다면 복잡했다.

"사혈련이야 당연하다치고. 마교도요? 거기다 새외 세력은 매우 조용하지 않습니까……."

독존황에게 들은 것과 너무 달랐다.

"조용하다고 해서 없는 것은 아니니까요. 사혈련의 위협도 위협이지만 마교가 준동할 시기가 얼마 남지 않았다는 게 중론이기도 합니다."

"그런가요?"

마교에 대해서는 왕정도 들은 바가 있다. 사특한 무공을 쓰는 것은 넘어간다 쳐도 마교가 준동하게 되면 양민들도 피해를 본다.

그러니 양민이었던 그도 알 수밖에 없다.

"예. 아주 확실한 것은 아니지만 조심해서 나쁠 것은 없으니까요."

"그럼 새외 세력은 왜 신경을 써야 하는 겁니까?"

"같은 이유예요. 현 무림이 사혈련과 무림맹으로 나뉘고 대외적으로 평화로운 기간만 이십 년은 넘어가고 있어요. 그 속사정이 어떻든 간에 말이죠."

"암투야 계속 있었다지만…… 일단은 그렇죠. 그런데 그게 새외 세력과 무슨 상관이죠?"

실제로 무림맹과 사혈련의 암투는 그도 겪었었다.

그러한 암투가 없었다면 그 또한 이화를 보지 못했을 거다. 그녀를 만났던 이유 자체가 사혈련과 무림맹의 암투 덕분이었으니까.

그런 암투가 있다고 해도 대외적으로 무림은 평화로웠다. 정사대전이라고 할 만한 것이 이뤄진 것은 또 아니기 때문이다.

"항시 준비를 해야 한다는 건 마교와 같은 이유이기도 하지만…… 새외의 움직임이 심상치 않거든요. 특히 북해빙궁과 독곡의 경우에는 슬슬 빙후와 독인이 나올 때가 되었다고들 하니까요."

"빙후와 독인이라……."

독존황이 살아 있었을 당시에도 주기적으로 자신들의 힘을 증명하기 위해서 중원에 보내곤 하는 자들이 아니던가.

그네들의 속사정이야 모르겠지만, 그들이 끊임없이 해온 일이다. 제갈혜미의 말대로 오랜 시간 보내지 않았다고 하니 시기가 되긴 되었을 거다.

'새외의 세력이라…….'

사혈련이나 마교보다도 왠지 모르게 새외 세력이라는 단어가 그의 가슴에 깊이 파고들어 갔다.

악연인지 인연인지 모를 묘한 느낌이 느껴지고 있었다.

그가 정리를 하고 있자 제갈혜미 또한 이만 해야겠다고 여긴 듯했다.

"오늘은 이만하도록 하지요."

"예. 오늘도 수고하셨습니다. 내일도 잘 부탁드리겠습니다."

서로 간의 대화가 끝나면 자연스럽게 학관 내를 산책하고는 하는 둘이었다.

들어가는 방향이 비슷하기도 해서지만, 제갈혜미가 이 시간을 즐기는 눈치기에 왕정이 맞춰 주는 것이기도 했다.

산책에 들이는 시간은 이 각이 조금 안되는 정도다. 학관 자체가 꽤나 거대한 전각과 수련으로 이뤄져 있어 자연스레 시간이 걸릴 수밖에 없었다.

"……그럼 먼저 들어가 보겠습니다."

"예. 그럼 내일 또 뵙지요."

제갈혜미가 자신의 처소로 들어가고, 왕정 또한 다시금 자신의 처소로 가기 위해 방향을 돌리는 순간.

"흐으응……."

"……."

"좋을 때군."

어디선가 익숙한 말소리들이 들려왔다.

"엣?"

뒤를 돌아보자 이곳에 올 수 있을 거라고는 생각지도 못한 이들이 보였다. 철아영, 이화, 정우다.

시작은 아영이다.

"뭐가 옛이야? 사범을 한다고 와서는 연애질만 한 거로구나?"

"연애라니요."

"흐으응……."

반박을 해 보지만 이미 씨알도 먹히지 않을 태세였다.

'어휴…… 또 장난기가 발동한 건가?'

저렇게 눈을 반짝일 때의 철아영은 아무런 말도 먹히지 않는다. 장난을 위해서라면 무슨 짓이라도 불사할 그녀니까.

왕정은 더 이야기를 해봐야 말려들기만 할 태세라 대화 주제를 바꾸기 위해 말을 돌려 보았다.

"그나저나 무슨 일이지요?"

"……."

평소라면 대답을 해 줄 법한 이화인데, 답도 하지 않고는 침묵을 유지한다. 눈빛이 흔들리는 것이 무언가 마음에 안 든다는 태도다.

'……대체.'

철아영이 장난기가 발동한 것이야 당연하다고 하더라도 이화까지 왜 이러는지는 모를 왕정이었다.

이런 부분에는 워낙 둔한 그인 것이다. 다행히도 정우가 이대로는 안 되겠다 여겼는지 나서주었다.

"흠흠. 이런 곳에서 할 이야기는 아닌 거 같으니 일단은 다른 곳으로 움직이는 게 어떠한가?"

그날만큼은 정우가 마음에 드는 왕정이었다.

[이번에 구해 줬으니 다음번에는 꼭 대련 한번 해 줘야 하네.]

[……됐어요.]

[어허…… 그럼 여기 계속 있어 볼 텐가?]

[다음예요. 다음에!]

갑작스레 생긴 정우에 대한 호감도 사라지는 왕정이었다. 마음에 드는 것 취소다.

*   *   *

자신의 처소에 셋을 데려온 왕정은 다과를 준비하여 건네고는 물었다.

"많이 바쁘다고 들었는데 그나저나 무슨 일이에요?"

연회 후에 관언과 자리를 가지게 되었던 왕정이었다.

명목상으로는 관언이 왕정에게 주도를 가르쳐 준다는 것이지만, 실제로는 왕정에게 호감이 생긴 관언이 왕정과 대화를 위해 마련한 자리였다.

단 한 번뿐인 자리였지만 그곳에서 많은 충고를 듣고, 또한 많은 것을 보고 배운 왕정이었다.

'관언께서 사혈련의 움직임이 심상치 않다 하셨는데……'

이런 시기에는 가장 많이 바쁠 사람들이 바로 눈앞의 세 명이었다. 무림맹의 암투에 가장 활약하는 이들 중에 이 셋은 빠지지 않으니까.

이곳에 셋이 함께 왔다는 것 자체가 의외다.

"임무를 받아서 이동하고 있었거든. 게다가 건네줘야 할 것도 있고."

"건네주는 거요?"

"그래. 자아."

뭉텅이 채로 무언가를 건네어주는 철아영이다. 풀어서 보니 그 안에는 목함들이 가득했다.

"우리 임무 중에는 중요한 것들을 옮기는 임무도 포함되거든. 곧 시작될 독 저항 훈련에 사용될 독들이야."

"흐음……"

당이운과 대련을 할 때 사용할 만큼 대단한 독들은 아니었지만, 양이 많다 보니 독 기운들이 보통은 아니었다.

이 정도라면 셋이서 움직일 만한 일이긴 했다. 이 독들이 다른 이들에게 들어가 잘못 쓰이기라도 하면 많은 문제가야기될 것이다.

"무림맹에서도 이번 훈련을 꽤 신경 쓰긴 하나 보네요?
이렇게나 많은 독이 올 줄은 솔직히 몰랐거든요."

"처음 하는 수련이나 마찬가지니까……."

"음."

왕정이 있기 전에는 독 저항 훈련이라고 해도 그 수준이
높지 않았다. 정의당 의원들이 와서 독에 대한 설명과 대비
하는 방법 정도를 알려주는 정도랄까?

결국 이번에 학관에서 실제로 독을 이용해서 독에 대한
저항 훈련을 할 수 있는 것도 다 왕정이 있기에 가능한 일
인 것이다.

다른 일은 몰라도 해독 하나만큼은 확실한 그이니까.

"왠지 모르게 어깨가 무거워지는 기분이네요."

"응. 처음이니까 잘 해야 해. 게다가 조심도 해야 하고."

"조심이요?"

"그래. 이곳 신밀 부근에서 심상찮은 움직임이 감지되었
다고 하거든. 그걸 조사하러 겸사겸사 온 거야."

심상찮은 움직임이라.

'이해하기 힘든 일이다.'

신밀에는 무림맹에서 설립한 학관이 있지 않은가.

중요 요충지라면 요충지다. 자연스레 학관에 대한 경비

는 엄중할 수밖에 없다. 많은 무사들이 신밀에 상주하니 덤으로 신밀 내의 치안도 좋을 수밖에 없다.

그런 곳에서 심상찮은 움직임이 있다니 이해 자체가 되지 않는다.

"학관을 노리는 걸까요?"

"모르지. 하지만 신원미상의 괴인들이 이따금씩 보이기도 한다고 하니까…… 조사 온 거야."

아영의 설명에 정우가 보탠다.

"보통이라면 이런 일로 파견되지는 않겠지만, 독을 전하는 임무도 있으니 한 번에 두 개의 임무가 우리에게 떨어진 거다."

"겸사겸사란 거로군요."

"그래. 우리야 대외적으로 활동할 수는 없으니, 내일부터는 학관 외부에서부터 조사할 생각이다."

"확률은 극히 낮지만 이곳 학관 내에서 이상한 일이 벌어지면 꼭 알려주고. 알았지?"

"설마 그런 일이 일어날까요? 아무리 그래도 학관 내부인걸요."

"그래도 혹시 모르는 일이다. 가능성은 언제나 있지."

이화의 말대로 가능성이 아주 없지는 않을 거다. 하지만 그 확률이 너무도 낮았기에 왕정은 으레 하는 걱정이라 생각했다.

"에이…… 걱정도 참…… 그래도 조심은 해 볼게요."

"그래."

지금 했던 걱정이, 신밀에서 벌어지던 심상찮은 움직임이 왕정에게 해가 될 것이라고는 당시 아무도 생각하지 못했다.

아무리 그가 무림맹 내에서 모난 돌이라고는 해도 이런 방식으로 나올 줄은 꿈에도 몰랐기 때문이다.

그렇게 조금씩 왕정을 향한 암수(暗手)가 다가오고 있었다.

第四章

일이 벌어지다

"……크으윽."

수련 중에 부상이 벌어진다는 것은 심심찮게 일어나는 일이다. 특히 비슷한 수준을 가진 자들끼리 대련을 하다보면 과열이 되어 그 확률이 더욱 높았다.

실력이 비슷하면 힘을 조절하지를 못하니 부상이 쉽게 나오는 것이다.

'꽤 부상이 큰데?'

견문을 넓히기 위해서 대련을 지켜보고 있는 왕정의 눈앞에서 바로 그런 일이 벌어졌다.

"의원…… 어서 정의방 의원님을. 아!"

의원을 찾던 사범 중에 하나가 왕정을 바라보았다. 의원으로도 이름을 날리는 왕정이니 응급상황에 도움이 될 거라 여긴 것이다.

왕정이라고 해서 가만있을 생각은 아닌지라, 일단은 몸을 일으켜 부상자들에게로 다가갔다. 반쪽짜리 실력이지만 응급처치라도 할 생각인 거다.

"으으…… 파, 팔이……."

길게 검상이 그어진 것으로 보아 깊지는 않아도 고통은 꽤 클 것이다. 상처 자체가 길었다. 부상자도 꽤 고통을 느끼는 것인지 크게 신음하고 있었다.

투욱. 툭.

왕정은 기본이라고 할 수 있는 지혈부터 했다. 소매를 싸매는 것은 기본이고 혈도를 막아 지혈을 하는 것도 기본 중에 기본이었다.

다음으로는 금창약을 바르고 정의당 의원들이 오기를 기다리면 되었다.

'이 정도면 된 건가…….'

할 만큼은 했다. 의원치고는 부족했지만 그래도 어디 가서 욕을 들어먹을 만큼 못한 응급처치는 아니었다.

얼마 뒤에서야 정의당의 의원들이 달려왔다. 본디 미리 대기를 하고 있었어야 했는데, 무슨 사연이 있어선지 이제야 온 것이다.

"환자는 어디 있소?"

"여기 있습니다. 다행히 독협님께서 응급처치를 해 주셨습니다."

"크흠…… 그렇소이까?"

왕정은 상황을 전해야겠다는 생각에 정의당 의원에게 말했다.

"검상이었습니다. 길게 이어져서 꽤나 큰 상처였습니다. 혈을 짚고 금창약을 발라서 응급처치는 했습니다."

"알고 있소. 보면 알 만한 것이 아니오."

"물론 그렇겠지만 말씀은 드려야 할 것 같아서 말입니다."

"크흠……. 됐소이다. 그럼 데리고 가겠소."

환자 응급처치를 해 줬다는데 무언가 고까운 듯한 말투였다. 이해를 할 수 없는 일이다.

[왜 저러는 거예요?]

─텃세라면 텃세구나.

환자를 두고도 텃세인가. 자신의 의방에 있는 칠우 때문에라도 정의방에 대한 인상이 좋은 왕정으로서는 당황스러운 일이었다.

"크으……."

혈을 짚었음에도 고통을 느끼는 건지 수련생이 신음을 내뱉는다.

약이라도 발라주거나 조치를 취해 줘야 할 터인데 정의방 의원은 왕정을 한 번 더 쏘아보고는 환자를 데려갈 뿐이었다.

'무늬만 의원이군.'

어딜 보아도 환자를 신경 쓰는 의원은 이곳에 없었다. 이런 경우의 텃세는 처음 당해 보는지라 어이가 없기만 한 그였다.

[별의별 사람이 다 있네요.]

—허허. 너무 어이없어하지 말거라. 저런 텃세는 아주 오래전부터 있어 왔던 것이니까.

[그래도…… 당하는 입장에서는 좋을 수만은 없네요.]

—그것도 그렇구나. 허허. 오늘은 이만 돌아가자꾸나.

[예. 하 참…… 좋은 일 하고도 욕을 먹으니 원……]

—당가의 일도 그렇고, 지금 일도 그렇다. 특히나 무림에 관련된 이들의 텃세는 예로부터 알아주는 것이니…… 어쩔 수 없지 않더냐.

[알면 알수록 정이 안 간다니까요. 이놈의 무림도……]

사냥꾼 사이에도 텃세는 있다. 하지만 이 정도는 아니었다.

'하기야 의원들 정도는 이해를 해 줄 수야 있긴 하지.'

저 정도 텃세야 생각해 보니 넘어갈 만한 일이긴 했다. 텃새로 치면 당문이 가장 심하지 않았던가. 그들은 비무 신청은 물론이고 살수까지 보낼 정도였으니까.

단지 자신이 해독을 하는 영역에 끼어들었다는 이유로!

차라리 왕정이 어느 문파에라도 속해 있었더라면, 이런 일은 드물었을지도 모른다. 그가 비빌 언덕이라도 있으니까.

하지만 그는 누가 보아도 홀로 무공을 익힌 상태. 문파도 없고 속한 곳도 없으니 이런 텃세는 앞으로도 많이 당할 일이리라.

'감수해야 할 일이겠지…… 허허. 그곳에 데려갈 수도 없으니…….'

이를 안타까운 마음으로 바라볼 수밖에 없는 독존황이었다.

*   *   *

텃새야 어찌 되었든 시간은 지나갔다.

그 뒤부터는 대련을 보러 가더라도 부상 치료에는 뛰어들 일도 없는 왕정이었다. 부상자만 생기면 정의문이 그 어느 때보다 열심히 나서준 덕이다.

그런 텃새들 따위까지 신경 쓸 필요 없는 그였기에, 그로서는 대련을 보는 데 방해가 없는 것만으로도 만족이었다.

"조금 더 많은 것들을 보고 싶은데……."

"정파에서 사용되는 무기들은 한정되어 있으니까요."

혼잣말인데 옆에 있던 제갈혜미는 용케도 들은 듯했다.

"아무래도 그렇지요. 하지만 다양성 때문에라도 이것저 것 수련해 보지 않나요?"

"대부분의 문파, 세가들이 십팔반병기부터 가르치기는 하죠. 하지만 이곳에 오는 수련생들은 그 정도는 미리 배우고 오니까요."

완전히 기초는 이미 배우고 이곳 학관에 온다는 소리다.

'그럼 더 볼 게 없으려나?'

대련을 할 때, 새로운 검법, 도법들을 보는 것도 새로운 재미이고 수련이었다. 그에게는 피와 살이 되는 그런 것들 이랄까?

하지만 이것도 몇 달쯤 시간을 들여서 지켜보게 되니 더 얻을 만한 것이 없었다.

학관의 수련생들이 계속해서 다른 이들로 바뀌는 것도·아 닌 데다가, 왕정이 보기에 그 실력이 고만고만했다.

그가 워낙 경험이 없다 보니 처음이야 배울 것이 많았다지만 일정 기간이 지나니 더 얻을 게 없어진 것이다.

그렇다고 사범 신분으로 있으면서 대련을 할 수도 없으니, 이제는 더 얻을 게 없었다.

"내일부터는 제 수련이나 해야겠군요."

"그래요?"

"예. 여기서 더 있을 필요가 없겠네요."

거만해 보일 수도 있는 말이지만, 제갈혜미는 그를 이해했다. 그의 학관 생활에 조금씩 변화가 찾아왔다.

"자아. 오늘부터 이뤄지는 독 저항 수련의 사범을 맡은 왕정이라고 합니다."

"잘 부탁드립니다."

"……."

시간이 더 지나니, 학관 측에서도 슬슬 독 저항 훈련을 해도 된다 여긴 듯했다.

하지만 독 저항 훈련의 경우, 지금처럼 이뤄지는 것은 처음 있는 일이다 보니 지원자만 한정해서 훈련을 받도록 했다.

혹시 일이 벌어지더라도 학관에서 그 책임을 묻지 않기 위한 조치였다.

다른 학관이라면 일어나지 않을 일이지만, 이곳 학관의 경우에는 워낙 많은 곳의 출신들이 있다 보니 이런 식으로

운영을 하는 것이다.

'흐음…… 꽤 의외의 사람도 있긴 하네?'

독 저항 훈련을 하러 온 면면들을 보고 있노라면 대부분은 세가 약한 곳의 출신들이 많았다.

이를테면 중소문파 사람들이 그 주인공이었다.

중소문파에서는 이런 훈련을 하기 힘들다 보니, 지금 이뤄지는 훈련에서 뭐라도 하나 얻을 수 있을까 모두 상기된 표정들을 하고 있었다.

그리고 그런 이들의 사이에서 구파일방 출신도 하나 보였다. 비록 속가제자이지만 검을 꽤 잘 쓰던 문지우였다.

'인상에 남는 자였지.'

듣기로 근래에 들어 실력이 일취월장하여 학관 내에서도 떠오르는 신예 중에 하나라고 소문이 나 있는 자였다.

그런 치가 남들이 꺼려할 수련에 처음부터 나선 것을 보면 꽤 의외였다.

"자자. 수련은 어려운 것이 아닙니다. 제갈혜미 사범님이 설치한 진 안에 들어가서 독에 노출되고 버틸 만큼 버티다 나오면 되는 겁니다."

"그게 끝입니까?"

문지우란 자의 물음이다. 제대로 설명해야 사고가 날 일도 없기에 왕정은 설명을 더했다.

"그렇습니다. 내공으로 독에 저항하는 훈련을 하는 것이 목표니까요. 제가 있는 이유는 혹시나 중독될 자들을 막기 위함입니다."

"반대로 이야기하면 버틸 때까지 버텨서 저항력을 키워도 된다는 거군요? 어차피 해독을 해 주실 테니까요."

"음…… 그것도 맞는 말이긴 하겠네요. 하지만 꽤 고통스러울 겁니다. 훈련이라지만 독은 제대로 된 독을 사용하니까요."

"흐음…… 설명 감사합니다."

문지우라는 자는 왕정의 말에 답을 하면서도 눈을 빛내면서 독이 퍼지지 않게 설치된 진을 바라보고 있었다.

왕정이 뿌린 독이라는 것에 승부욕을 느끼는 듯했다.

"자아, 이제부터 시작입니다."

스윽.

문지우를 필두로 하여 하나둘 수련생들이 진 안으로 들어서기 시작한다.

"얼마나 버티려나……."

생환지진(生還地陣).

천재로 유명한 제갈혜미가 이번 훈련을 위해서 구상하고 설치한 진인지라 문제가 있을 턱이 없었다.

독은 밖으로 나가지 않을 거고 원한다면 언제든 나갈 수 있는 곳이 이곳에 설치된 진이다.

왕정은 혹시나 독에 중독된 자들이 나올 수도 있었기에, 긴장한 눈으로 한참을 바라보고 있었다.

"으윽……."

반 각쯤 지나자 가장 뒤늦게 들어갔던 수련생이 나온다.

이문한이라는 자인데, 지역에 있는 작은 세가 출신이었다. 매사에 열심히 임하는 자인지라 왕정으로도 인상이 남는 자였다.

"저항하면 안 됩니다."

왕정은 그에게 다가가서 맥을 잡고는 독의 기운이 남아 있는지를 살펴보았다. 아주 잔량이지만 독의 기운이 남아 있었다.

스으으.

강한 독도 아니었기에 왕정은 금방 남은 독을 빨아들임으로써 중독을 벗어나게 해 줬다.

"크흠…… 나도 살펴보겠소이다."

"그러시지요."

그를 믿지 못하는 것인지, 이번 수련에 굳이 참관하고 나섰던 정의당 의원이 나서서 맥을 잡았다.

만약에라도 왕정이 제대로 해독을 하지 못했다면 트집을 잡을 요량인 듯했다.

"큼…… 됐소."

왕정이 독을 남겼을 리가 없지 않은가. 결국 남은 독을 찾지 못한 정의당 의원은 뒤로 물러나는 수밖에 없었다.

시간이 조금씩 지나가자 하나둘씩 진에 들어갔던 수련생이 모습을 드러냈다. 저마다 미량이지만 독에 중독되어 나온 상태였다.

왕정이 그런 수련생들의 독을 모두 흡수하고도 일 각쯤 시간이 더 지났을까?

'왜 아직도 안 와…….'

단 한 명을 빼고는 모든 수련생들이 나와 있었다. 그리고 이내 얼마쯤 지나자, 반쯤 기다시피하면서 문지우가 모습을 드러냈다.

"크으…… 해, 해독을…….."

승부욕을 불태우면서 들어가더니 한계에 한계까지 자신을 몰아세운 것이 분명했다.

스으으.

그런 문지우를 해독시키는 것이야 금방이었다.

"이렇게 무리해서는 안 됩니다. 차라리 수업에 참여하는 것을 자주하는 것이 나을 터! 다음 수업부터는 무리하지 말도록 하십시오."

"……."

"오늘은 이만 마치도록 하겠습니다. 다음부터는 무리는 말도록 하기 바랍니다."

과연 문지우가 왕정의 말을 들을지는 모르겠다. 그렇게 그날, 첫 독 저항 수련이 끝이 나게 되었다.

*　　　*　　　*

"해, 해독 부탁드립니다."

"손목을 주시지요. 저항하면 안 됩니다."

"예, 옙."

스으으.

처음의 수련에서 발전을 해서 지금에 와서는 진에 들어가고 나오는 것을 반복하는 식으로 수업이 이뤄지고 있었다.

무리를 하는 것보다는 버틸 만큼 버티면서 내성을 키우는 것이 더 효율적인 것을 깨달은 덕분이다.

독 저항 수련 자체가 학관 내에서는 처음 이뤄지는 수련이 아니던가. 이 정도의 시행착오 정도야 당연한 일이었다.

"사람이 들은 것보다는 많군요."

오늘은 특별히 참관을 나온 제갈혜미였다.

"예. 처음에는 좀 의심스러워 한 듯한데…… 효과가 보이니 금방 사람이 늘더군요."

이제 와서는 많은 수련생들이 합류하여 독 저항 훈련에 참여하고 있었다.

당장에 효과는 보지 못한다고 하더라도 독에 대한 저항력이 올라간다니 참여를 하는 것이다.

"그래도 이 이상 늘어나지는 않을 거 같습니다."

"그래요?"

"예. 효과가 있는지 바로 나타나지도 않고…… 무엇보다 고통스러우니까요."

이건 독공을 익히기 힘든 이유이기도 했다.

독을 흡수하면 고통스러울 수밖에 없다. 그렇기에 수련자들도 처음 몇 번은 수련하러 오고는 포기하는 자들이 생기곤 했다.

약한 독이라고 썼지만 그 독이 주는 고통은 약한 것이 아니기에 지속적으로 포기자가 늘어나고 있는 것이다.

"그래도 저 수련생은 매일같이 옵니다."

"흐음…… 화산파 속가제자군요."

문지우를 가리키면서 말했는데 역시 그녀도 그를 기억하고 있는 듯했다. 하기야 학관의 떠오르는 신예이니 그녀가 아는 것도 당연했다.

그가 다가왔다.

"해독을…… 부탁드립니다."

"예."

<u>스으으.</u>

"그럼⋯⋯."

그는 고통스러울 법도 한데 또다시 독 저항 훈련을 하러 진 안에 들어섰다. 오늘 내내 수련을 할 기세였다.

"저런다니까요? 대단해요. 아주."

"무서울 만한 집념이네요."

"예. 후후."

잠시지만 자신도 목숨을 걸고 수련을 했던 적이 있었기에 왕정은 그런 그를 볼 때면 꽤나 호감이 가곤 했다.

'근래에 들어서는 감시 역을 하던 정의방 의원들도 안 오고⋯⋯ 좋군.'

여러모로 자신이 진행하는 수련이 별다른 일이 없이 진행되어 갔기에 왕정은 현재의 상황에 만족하며 지내고 있었다. 하지만 이것이 사건이 시작되기 전의 고요함이라는 것을 그때까지는 전혀 알지 못하던 그였다.

*　　*　　*

신밀은 특산품이 있는 것도 아니지만, 학관이 있는 덕에 발전을 한 곳이다.

학관에서 수련생들이 자주 나오는 것은 아니지만, 그들이 있다는 것만으로도 소모되는 물자들 덕분이다.

학관이 지어지고 굉장히 빠르게 발전이 된 덕분에 신밀의 곳곳에는 건물과 건물 사이에 어두운 공간이 자리하고 있었다. 빠른 발전 속에서 어쩔 수 없이 생겨나는, 음습한 곳이었다. 그나마 다행이라면 정파의 영역이기에 사파 문파들이 없다는 정도다.

그 음습한 곳에 당기선에게 부탁을 받았던 이와 낯선 이가 자리하고 있었다. 낯선 사내가 당기선에게 물었다.

"얼마나 더 기다리면 되오?"

"금방이면 된다."

"금방이라는 말은 벌써 여러 번 들은 거 같소만……."

당기선의 말에도 사내는 뭐가 그리 불만스러운지 통명스럽게 말을 내뱉을 뿐이었다. 핑계라도 댈 법 하건만 당기선은 그저 침묵을 계속 유지했다.

"됐소이다. 내 그대에게 무슨 말을…… 흠."

한창 불만을 내뱉던 사내가 무언가를 느낀 듯했다. 혹시나 했었는데 지금에 와서는 확실해졌다. 인기척이다. 자신을 뒤쫓는 자의 인기척.

당기선이 사내에게 전음을 날려 온다.

[꼬리를 달고 왔군?]

[제길. 내가 따돌리겠소. 일이나 잘 실행하길. 그럼 먼저 가오.]

사내가 다급하게 몸을 움직이기 시작한다. 당기선 또한 사내와는 다른 방향으로 몸을 날린다.

일의 고지를 눈앞에 두고 지금 잡힐 수는 없기에 사내나 당기선이나 사활을 다 걸고 달려 나갔다.

"저기다!"

본래부터 처음 목적은 당기선보다는 사내였는지, 사내에게 당기선보다 많은 추격자들이 붙기 시작했다.

그들이 입은 복장으로 보아 모두 무림맹의 무사들임이 분명했다.

대체 당기선은 이곳 신밀에서 무엇을 획책하기에 당가의 인물이면서 무림맹의 추격을 받는 것일까?

끝이 없을 것 같은 추격전도 당기선과 마주했던 사내가 사로잡히는 것으로 끝이 나는 듯했다.

하지만.

무림맹의 무사들의 추격을 뿌리칠 수 있을 것만 같았던 사내의 발걸음이 갑작스럽게 잦아들기 시작한다.

추격자를 뒤에 두고도 속도를 줄이다니 있을 수 없는 일이었다. 분명 무언가 이유가 있는 터.

"……크윽. 나도 당한 건가."

하지만 이내 사내는 순식간에 칠공에서 피를 흘리며 숨을 거두었다. 짧은 시간이지만 고통 속에 죽었을 모습이다.

그들을 추격하던 무림맹의 무사들로서는 당황스러울 상황이었다.

"정말로 죽은 건가?"

"보고를 올려야 하는데…… 어떡한다."

"독에 당한 거 같은데."

추격을 해서 조사를 해야만 했다.

이곳 신밀에서 갑작스레 많은 수상한 무리들이 생긴 것에 대한 조사를 해야만 위에서 깨지지 않을 것이 분명했다.

"상부에서 재촉은 안 하긴 해도…… 다 지켜보고는 있을 텐데."

"곤란하게 되었군."

무림맹의 무사들이 갑작스레 벌어진 일에 당황을 하고 있을 무렵. 이번 추격을 위해서 파견된 흑무 정우가 자리에 도착했다.

그도 다른 장소에서 조사를 하느라 이곳에 오는 데까지 시간이 걸린 것이었다.

"어떻게 된 겁니까?"

무림맹 내에서는 흑무라는 별호를 가지고 있는 정우가, 자신의 밑에 배정된 무림맹 무사들에게 물었다.

왕정과 있을 때와는 또 다른 냉정한 모습이었다.

당황스럽게 벌어진 상황과 그의 등장에 쩔쩔매던 무림맹 무사들 중에서 하나가 어렵사리 보고를 올렸다. 긴장한 기색이 역력한 채였다.

"그, 추격을 하다가 갑작스레 피를 흘리며 숨을 거뒀습니다."

"독인가?"

"화, 확인해 보겠습니다."

그제야 무림맹 무사가 사내의 피에 은을 가져다 대어본다. 단순한 방법이지만 은을 이용하면 어지간한 독은 다 걸린다.

그들의 예상이 맞는 것인지 은이 변색되기 시작한다.

"독이 맞는 것 같습니다."

"흐음…… 또 독인가."

정우가 추격했던 곳에서도 독에 죽은 자들이 있었다. 그가 판단하기에 신밀에서 살아가는 평범한 양민들인 듯한데 독에 당해 죽어 있었다.

조사를 해 보라고 시키긴 했지만, 별달리 무림과 연관된 양민들은 아니었다. 굳이 가져다 붙이자면 학관에서 허드렛일을 한다는 정도일까?

하지만 이곳 신밀에서는 학관에서 일을 하는 양민들이 워낙 많으니, 그 정도로는 어떤 이유도 가져다 붙일 수가 없었다.

'무언가 일이 벌어지고 있기는 한데…….'

무얼 획책하고 있는지 목적도 모르며, 그 이유는 더더욱 파악이 되지 않는 상황이었다.

"수습하게."

"옙!"

정우는 여전히 어찌할지 갈피를 못 잡는 무림맹 무사들에게 시체의 수습을 명하고는 다시금 모처로 돌아갔다.

그와 같이 무림맹의 온갖 궂은일을 담당하는 이들의 은거지였다. 정우를 포함하여 이화, 철아영도 이곳에 머무르고 있었다.

말이 좋아 흑무라는 명호를 가지게 된 것이지 따지고 보면 정파의 온갖 추잡한 일을 처리하고 있는 그인 것이다.

그래서인지 은거지도 굉장히 음습하고, 그리 좋지 못한 상태를 보이고 있었다.

"왔어? 수확은?"

"없어. 이번에도 독으로 죽었더군. 대체 무엇이 목적인지도 모르겠고……."

"분명 뭔가 있어. 그리고 무림맹 수뇌들 중이나, 문파들도 연관되어 있겠지. 암묵적으로 누군가 도와주지 않고서야 이곳 신밀에서 움직일 수 있을 리가 없으니까."

"그렇다면 위에서부터 조사를 하면…… 아니, 안 되겠
군."

무림맹에 속한 그들이 무림맹의 수뇌들을 조사할 수 있을
리가 없다.

그러다간 쥐도 새도 모르게 당할지도 모른다. 무림맹은
세상에 알려진 만큼 그리 깨끗하기만 한 곳은 아니니까.

그나마 이곳 신밀에 있는 무림맹 무사들을 붙여줘서 수족
처럼 부릴 수 있는 게 그들로서는 최선이었다.

"점차 빠르게…… 접촉을 하는 것을 보면 분명 무언가 벌
어질 때가 되었는데 말이지."

"그걸 막아야 해."

그때, 자신 또한 일을 끝마쳤는지 뒤늦게서야 들어온 철
아영이 끼어든다.

"헤에…… 그걸 못해서 이러고 있는 거잖아. 어쨌든 다시
기회가 오면 더 빠르게 움직여 보자고."

"그래."

"그래야겠지."

허나 기회는 생각보다 빠르게 사라졌다.

第五章

독살

　수련의 열기가 치솟고 있는 학관이라고 하더라도 축시(1
—3시)쯤 되면 모두가 잠을 잘 시간이다.

　잠을 자는 과정 또한 내일을 위한 준비이니까.

　학관 내부에는 수련생들을 위한 숙사가 여럿 마련되어
있었다. 남녀, 출신 등을 기준으로 나뉘어 다들 잠들어 있
는 시간.

　그 가운데에서 하나가 자던 잠을 멈추고 갑작스레 목을
부여잡는다.

　"크…… 크윽……."

　그 주인공은 상서세가의 상운. 왕정에게서 독 저항 수련

을 듣던 이었다. 왕정도 그의 얼굴을 기억할 수 있을 정도.

목을 부여잡고도 고통스러운 듯 몸을 부르르 떨던 그는 이내 게거품을 물더니 그대로 온몸에서 피를 토하기 시작했다.

"크륵……."

온몸의 구멍이란 구멍에서 전부 피를 토한 덕분에 그 양이 상당해 침상까지 피에 젖을 정도였다.

사인이 무엇인지는 몰라도 저 정도 피를 흘리고 살아남을 자는 없었다. 상서세가의 기대주이자 장자였던 상운이 그렇게 삼십도 채 되지 못한 나이로 숨을 거뒀다.

"상운. 상운! 벌써 진시라고!"

이내 부지런한 수련생들의 하루가 시작되는 묘시다. 대부분의 수련생들은 이 시간에 자발적으로 일어나고 있었다. 심법 수련은 기본이니까.

헌데 학관 내에서도 부지런한 축에 드는 상운이 그날은 진시까지도 모습을 드러내지 않았다.

평소 사교성이 좋은 편에 속하기도 한 그다. 평상시와 다르게 그가 보이지 않자 걱정이 될 수밖에 없는 터.

걱정된 다른 수련생들 여럿이 그의 숙사에 들이닥쳤다.

묘시에까지 챙겨주지는 못해도 진시가 되었으니 함께 수

련이라도 할 생각으로 찾은 것이다.

"저. 저!"

"무슨…… 왜 그래? 헉!"

헌데 그들을 반기고 있는 것은 평상시와 같은 상운이 아니었다. 이제는 숨을 거둬버린 그의 시체 하나뿐이었다.

숙 사내에서 사람이 죽은 초유의 사태에 수련생 중에 하나가 놀라 외쳤다.

"사, 살인이다!"

"사람이 죽었다! 사람이 죽었어!"

"어, 어서 사범님들께 보고를……."

자신들로서는 해결되지 않을 것을 직감한 수련생들은 부산스레 몸을 움직이기 시작했다. 보고라도 올리기 위해서였다.

그들이 순식간에 몸을 움직여 떠나기 시작한다.

'되었군.'

그들을 주시하고 있던 인형(人形) 하나는 잠시 일어난 소란이야 어떻든 그대로 숙사를 빠져나갈 뿐이었다.

*　　　*　　　*

학관 내에서 사람이 죽은 적이 전혀 없는 것은 아니었다.

학관이라 하지만 이곳은 무공을 닦는 곳이니 만큼, 대련이나 수련 중의 불상사로 사람이 죽곤 했다.

물론 잔혹하기로 알려진 마교의 수련과 같은 과정을 거치는 것은 아니기에 그 수가 많지는 않았다. 어디까지나 실수에 의한 사고였기도 했고.

헌데 이번 상운이 죽은 일은 결코 그러한 일이 아니었다.

수련, 대련도 아닌 숙사에서 잠을 자던 수련생이 죽은 것을 실수에 의한 사고라고 말할 사람은 그 어디에도 없었다.

이건 누가 보아도 고의적인 사건이었다.

사람이 죽게 되면 가장 먼저 나서는 정의당의 의원들이 빠르게 움직였다. 더 늦기 전에라도 사인을 파악하기 위해서였다.

"검시를 해볼 필요도 없겠군."

정의당 의원의 말대로 이건 딱 봐도 사인이 눈에 보였다. 초보 의원이라고 하더라도 알 만한 사인이었다.

지병이라고 해도 이렇게 피를 뿜으며 죽을 수 없었다. 칼에 맞은 시체라고 하더라도 이렇게 참혹할 수는 없었다.

잘 지내던 수련생이 갑작스레 온몸에서 피를 뿌리며 죽었다? 뻔하지 않은가.

"독살이다."

"확실합니다."

정의당 의원들이 확언하듯이 말을 한다.

그 뒤에 확신을 더하기 위해서 은을 가져다 대어보고 여러 약재로 실험을 했지만 결론은 뻔했다.

사인을 밝혀냈으면 그 다음은.

"독을 쓰는 자가 죽인 거라는 건데……."

"독공을 익힌 자인가?"

"독공을 익히지 않아도 독을 쓰는 것은 가능하지 않나?"

문제는 독을 쓰는 것은 평소 독을 익히지 않는 자라고 하더라도 얼마든지 가능한 일이란 것이다. 어린아이라도 잘만 쓰면 사람을 죽일 수 있는 것이 독이니까.

분명 이성적으로 생각하자면 학관 내의 모든 이들이 용의자에 들어갔어야 했다.

하지만 상황은 그리 간단하게만 돌아가지 않았다. 시작은 정의당 의원들이었다. 그들은 뭐가 그리 마음에 들지 않는 것인지 왕정을 물고 늘어졌다.

"독 저항 수련을 하다가 쌓인 독 때문에 그럴 수도 있소!"

"맞소이다. 괜히 없던 수련을 만들어서 이런 일이 벌어진 것이오."

왕정의 독이 수련생에게 쌓여서 죽게 되었다?

말도 안 되는 소리다. 학관 내에서 일어난 소요에 따라 움직여 이 자리에 미리 자리하고 있던 왕정이 반박했다.

"헛소리 하지 마시죠!"

"헛소리라니? 그게 아니고서야 학관에서 어찌 독에 의한 살인이 발생할 수 있냐 이 말이오."

"하…… 미량씩 독이 쌓여 죽었다고 칩시다."

"칩시다가 아니라 그런 거요!"

정의당 의원은 왕정의 말에 자존심이라도 상한 것인지 이제는 아예 확신을 가진 듯이 말했다.

"그럼 왜 다른 수련생들은 죽지 않는다는 것입니까? 그와 함께 수련을 한 다른 이들도 죽었어야 하는 거 아니겠습니까?"

"그, 그건……."

왕정의 말이 맞았다.

독 저항 수련에 의해서 독이 쌓여 죽는 것이라면 다른 이들도 죽었어야 옳았다. 아니, 죽지는 않는다 하더라도 적어도 후유증이라도 있어야 했다.

그래야만 그들의 논리가 딱딱 맞아 떨어진다. 하지만 현 상황은? 오직 상서세가의 상운만이 죽었다.

"조사를 더 해 보겠소이다!"

"그러시든지요!"

정의당 의원들은 뭐가 그리 억울한지 핏발을 세우면서

왕정에게 따지듯 조사를 한다 했다. 왕정으로서도 꿀릴 것
은 없기에 맞받아칠 뿐이었다.

다만 그의 마음에 걸리는 것이 있다면,

'……꽤나 성실한 수련생이었는데.'

매일은 아니더라도 자신의 수련에 함께하며 얼굴을 익혔
던 이가 이렇게 죽어버렸다는 것에 서글플 뿐이었다.

"흥! 그럼 조사를 위해 먼저 움직이겠소이다."

제대로 된 조사도 진행이 되지 않았고, 왕정의 반박 또한
딱 맞아 떨어졌기에 그에 대한 추궁은 더 이뤄지지 않았다.

다만 정의당 의원들은 이만 갈 뿐이었다. 그렇게 첫 살인
사건이 마무리되는가 싶은 학관이었다.

무림맹에서 이끌고 있는 학관 내에서 또 다른 살인이 날
것이라고는 그때까지 누구도 상상하지 못했다.

*   *   *

"크윽…… 도, 독……."

며칠이 지나지 않아 사람이 하나 더 죽었다. 고아 출신이
지만 그 자질을 인정받아 용케도 학관 내에 들어설 수 있었
던 자였다.

관철성 관언의 일장 연설을 보며 눈을 빛내던 자이기도

했다.

이번엔 온몸에서 피를 흘린 것이 아니었다. 대신 배가 푹 하고 들어간 시체만이 남아 있었다. 이번에도 정의당 의원 들이 사인을 밝혀냈다.

"……산장독(酸臟毒)이군."

"확실한 듯하네."

산장독. 몸에 들어가면 모든 내장을 순식간에 삭게 만든 다고 해서 붙여진 독의 이름이다.

같은 산장독이라고 하더라도 그 종류는 열 가지가 넘었 다. 합성독이기 때문이다.

이를 풀이해서 이야기하면 어지간히 독에 대해 조예가 있지 않고서야, 산장독으로 사람을 죽이는 것은 어렵다는 소리다.

합성독은 자칫 잘못하면 독을 사용하려던 자의 목숨을 앗아가는 것이니까. 당연한 이야기다.

정의당 의원들이 확신을 가지고 말했다.

"이제는 확실해졌네. 이건 누가보아도 독공을 익힌 자가 벌이는 일일세."

"지난번에 사용한 독이라면 몰라도…… 이번에는 확실 하지."

돌아가는 상황이 이상하게 돌아가기 시작했다.

마치 지난번에 용케도 용의자에서 빠져나간 왕정을 다시 붙잡으려는 듯 오직 독공을 익힌 자만이 사용할 수 있는 독이 나온 것이다.

그 뒤에도 살인이 계속해서 이어졌다.

모두 독에 의한 살인이었고, 어지간히 독공에 능하지 않고서야 사용하기 힘든 독들에 의한 사인이었다.

왕정을 대놓고 압박하지는 못했지만, 정의당 의원들은 모두 왕정을 용의자라고 생각하고 있는 듯했다.

학관 내에 독공을 제대로 익힌 자라고는 왕정을 제외하고는 없다시피 하기 때문이다.

"무림맹에 건의해서 확실한 조사단을 꾸리도록 하지. 그를 일단 용의자로 만들도록 하고."

"그래야겠네."

"내가 가서 움직이도록 하지."

"부탁하겠네."

정의당 의원들이 움직이기 시작했다.

이미 왕정이 살인을 벌였다고 확신하고 있는 그들로서는 무림맹에서 조사단만 보내면 되는 것으로 여겼다.

과정이야 어떻든 눈엣가시 같은 왕정을 처리할 수 있을 거라 여기는 태도였다. 그런데.

"크……윽."

이튿날이 되면 학관을 떠나 무림맹에 보고를 하러 가기로 했던 정의당 의원이 죽었다. 이번 또한 사인은 독에 의한 살인!

이쯤 되자 왕정이 설마 사람을 죽였겠냐며 중립적으로 상황을 바라보던 이들도 눈빛이 변하기 시작했다.

다른 이들이라면 몰라도, 이번에는 왕정 또한 독살을 할 만하지 않은가.

평소 왕정을 눈엣가시처럼 보았던 정의당의 의원이 죽어버렸으니까. 다른 이와 다르게 왕정이 원한을 가질 만한 자가 죽었다는 게 중요했다.

게다가 이번에 죽은 자는 정의당의 의원!

어지간하면 높은 의술을 가지고 있는 정의당의 의원을 죽일 만한 독을 다룬다는 것이 과연 무얼 의미할까?

상식적으로 생각해도 어지간한 독공의 고수가 아니고서야 정의당 의원을 독으로 죽이긴 어려웠다.

게다가 그가 무림맹으로 움직이려던 이유도 중요했다.

"조사단을 꾸리려고 움직이려다 죽었다."

"독공의 고수가 죽였음이 틀림없다."

"아마도 그가 아닐까?"

"쉬잇! 그대도 그리 의심하다가는 쥐도 새도 모르게 죽을 수도 있다고."

"조, 조심하겠네……."

분위기가 이상했다. 마치 누가 의도한 것처럼 모두가 왕정을 의심하기 시작했다.

실상 의원이 무림맹까지 움직이지 않더라도, 전서구를 보내는 것만으로도 무림맹에 조사단을 보내 달라 요청을 할 수 있지 않은가?

진정 왕정이 범인이라면, 자신이 범인임이 티가 나도록 정의당 의원을 죽일 필요가 있었을까?

안 그래도 의술을 익힌 정의당 의원을 죽이는 일은 다른 이들을 독살하는 것보다 더 어려울 텐데?

왕정을 의심할 만한 의문들만큼이나, 왕정을 변호할 만한 의문들도 자연스레 떠오를 법한데도, 상황은 이상하게 돌아가고 있었다.

"가거라."

푸드득. 푸득.

정의당 의원이 죽은 그날, 학관에서 전서구 두 마리가 떠오른 것을 본 자는 몇 없었다.

*　　　*　　　*

의심의 눈초리라는 것은 굉장한 상처가 될 수밖에 없었

다. 의심받는다는 것은 때로 상상 이상의 고통을 주는 법이다.

"한산해졌네요."

―허허. 그렇게 됐구나.

학관 내에 모든 이들이 독 저항 수련을 받는 것은 아니었다. 헌데, 이제는 숫제 썰렁하기까지 하다.

다섯도 되지 않는 자들이 그의 수업을 받고 있을 뿐이었다.

'이들마저도 얼마나 더 있다가 가려나…….'

누가 말하지 않아도 알 만했다. 정의방 의원들을 떠나 학관 내의 수련생들마저도 자신을 의심하고 있는 게 분명했다.

"대체 누가 왜 사람들을 죽였을까요?"

"모를 일이지요."

"후우…… 답답할 뿐이네요. 차라리 시원하게 누군지라도 밝혀지면 좀 괜찮을 텐데요."

"저도 그러기를 매일 천지신명께 빌고 있습니다."

"하하. 제갈혜미 소저라도 그리해 주니 감사합니다."

그래도 제갈혜미는 옆을 지켜 주고 있었다. 아니, 되려 전보다 수업시간에 자주 찾아와줬다. 그를 위로하듯이.

하지만 이 위로마저도 얼마 가지 못할지도 모른다. 확실한 근거는 없지만 왕정은 그럴 수밖에 없다는 직감을 느끼고 있었다.

[아무리 봐도 저를 용의자로 만들고 있는데 말이지요.]

─확실히 그러하다. 짐작은 간다만…… 확실하지는 않으니…….

[짐작이 가요?]

─그래. 너무 뻔하지 않느냐. 그동안 죽은 수련생들을 보면 공통점은 하나다.

[공통점이 있었어요?]

열흘 사이에 수련생들 중에 다섯이 죽었다.

마치 보란 듯이 하루를 격하고 하나씩 죽어버렸었다. 그렇게 열흘간 다섯의 살인이 이뤄졌다.

다시 이틀 뒤 무림맹으로 출발을 하려던 정의방 의원이 죽어버렸다. 그리고 어쩌면 내일도 살인이 이뤄질지도 몰랐다.

살인은 계속되고 있었다.

'그들에게 공통점이 있었던가?'

왕정으로서는 알기 어려웠다. 하지만 독존황은 공통점을 느낀 듯했다.

─그래. 확실히 있다. 모두 구파일방이나 오대세가에 속하지 않는 중소문파의 수련생들이었다.

[그게 중요한가요?]

―중요하다 말다! 네가 범인이 아님은 나도 알고 너도 알지 않느냐?

[그렇죠.]

―그렇다면 다른 이가 살인을 실행했는데 구파일방과 오대세가를 제외했다면…… 반대로 생각하면 오대세가나 구파일방에 속한 인물이지 않겠느냐?

"아……."

"예?"

왕정이 흘린 감탄사에 제갈혜미가 반응하다.

"아니, 아닙니다."

"……예에."

독존황의 추측을 말할 수도 없는지라 왕정은 아니라 말할 수밖에 없을 뿐이었다.

생각해 보니 상황이 그랬다.

구파일방과 오대세가의 사람이 적긴 하다지만 이건 너무 이상하지 않은가? 다섯 정도가 죽으면 하나쯤은 섞여 들어갈 법도 했다.

그런데도 섞여들어 가 있기는커녕 하나도 없었다.

'앞으로 이뤄지는 살인에서도 그렇다면 거의 확실해 지겠지…….'

아무래도 중소 문파의 사람들은 이런 살인에 제대로 반응을 하기 힘들 것이다. 무림맹에서 파견될 조사단에 들어가기도 힘들 거다.

쉽게 말해 이번 일의 조사는 구파일방이나 오대세가가 주축으로 이뤄질 것이 뻔히 예상이 된다.

아마, 자신들에게 속한 이들이 죽은 것이 아니니 제대로 조사를 하지 않고 넘어갈지도 모를 일이다.

오대세가와 구파일방의 인물이 죽지 않았다는 것에 하나가 걸린다.

그리고 다음은?

─구파일방이야 그렇다손 치더라도…… 오대세가에는 당가가 있지 않느냐?

[그렇죠. 살수를 보내는 것도 쉬이 생각하는 녀석들이기까지 하죠.]

살수를 보내고도 실패한 그들이다. 대련을 신청했다가 처참하게 망신까지 당했던 곳이 당가다.

'게다가 당가는 독까지 쓰지…….'

다른 누가 봐도 당가는 왕정과 척을 진 지 오래인 상황이다. 그 원인을 당가가 제공한 것은 이미 중요한 사항이 아니었다.

둘이 척을 졌다는 것이 중요했다. 이게 둘째로 걸리는 점이다.

　―조사단에서 당가 사람이 파견되면 뻔하게 된다…….
그리고 중요한 것은 그들이 빠질 리가 없단 것이겠지.

　[젠장할이네요…….]

　구파일방이나 오대세가의 조사단이 파견된다.

　독살이 벌어졌으니 당가의 사람이 올 확률이 높다. 독을
사용할 줄 아는 자여야 독살을 조사할 수 있을 테니까.

　안 그래도 그와 척을 진 당가는 조사단에서 왕정을 용의
자로 만들도록 이끌어 나갈 것이다. 그동안 그들의 행실을
보면 확실했다.

　'함정이군…….'

　사람의 목숨까지도 도구로 사용할 수 있는 그들만의 함
정이다. 살수를 보냈던 것을 경험했을 때부터 미리 대비를
해야 했거늘 자신이 너무 안이했다.

　설마 무림맹의 이름으로 운영되는 학관 내에서조차 일을
벌일 줄은 진정 상상도 하지 못한 그였다.

　―정파가 허울만 좋은 것은 전에도 알았으나…… 완전
히 썩어버렸구나.

　[어떻게 하죠?]

　전이라면 쉽게 빠져나갈 수 있을 수도 있었다.

　평여는 자신의 영역이나 다름없는 곳이었고, 그 영역 내

에서 만큼은 자신이 왕이었으니까. 당가의 공격이라도 쉽게 막을 수 있었다.

하지만 지금은?

자신의 영역이 아니다. 또한 준비가 부족했다. 방심했다 고밖에는 달리 할 말이 없었다.

'아주 잘 만들어진 함정에 걸려버렸군…….'

거미줄에 걸린 부나방이 있다면 자신이리라. 어떻게든 이 함정에서 벗어나야만 했다. 지금부터라도 준비를 해야만 했다.

'어떻게 한다?'

하나보다는 둘의 머리가 낫다.

하지만 옆에 있는 제갈혜미도 자신을 도울 수는 없을 거다. 그녀 또한 오대세가의 사람이라 대놓고 나서기는 어려울 테니.

'믿어봐야 상처만 받을 터…… 이화 누나, 아영 누나, 정우 형도 모두 안 되겠군. 무림맹에 묶여 있는 게 커.'

다른 이들과 머리를 맞대고 고민을 하고 싶지만 자신의 편이 되어줄 자가 당장에는 없었다. 이게 현실이었다.

왕정이 고민을 하고 있으려니 보다 못했는지 독존황이 나섰다.

─당가가 원하는 것은 네 죽음일 터. 그걸 이용해 보자꾸

나.

[제 죽음을 원하는 걸 이용해 보자구요?]

―그래. 놈들이 원하는 것에 네가 살아날 수 있는 돌파구가 있는 터. 그들이 만든 함정을 아주 잘 깨부숴 보자꾸나.

[그래야죠. 꼭 그렇게 할 겁니다.]

조용히 살고 있는 자신을 계속해서 건드는 이들이다.

이번에는 제법 괜찮은 함정을 마련했다지만, 그들을 비웃듯이 이 함정 또한 벗어나 줄 것이다.

그리고 다음은?

자신이 아닌 그들이 거대한 함정에 빠지게 만들 것이다. 이번 일만 해결한다면 그 뒤에 비수를 박는 자는 자신이 되리라.

그의 눈이 붉게 빛나고 있었다.

第六章

조사단이 오다

"역시 사람을 더 파견해야 했소. 흑무도 이번에는 제 역할을 못한 것 같군."

"허허. 그게 어디 흑무 탓이겠소. 제대로 지원을 받지 못하니 그도 어쩔 수 없었겠지."

"어쨌거나 사람을 파견해 봅시다. 조사를 해야만 하지 않겠소?"

"그리해야지요."

무림맹에서는 기다렸다는 듯이 조사단을 파견하기 시작했다.

수뇌들 또한 신밀 내에서 일어나는 수상쩍은 움직임에

신밀을 주시하고 있었기에 가능한 속도였을 터다. 아니면 달리 다른 이유가 있을지도 모르고.

어느 쪽이든 중요한 점은 생각보다도 빠르게 조사단이 도착했다는 것이었다.

"어이쿠. 잘 오셨습니다."

"그래. 내부에서 조사한 자료라도 있는가?"

"물론이지요."

조사단은 정의당 의원들이 먼저 나서서 맞이했다. 다른 사범들은 정의당 의원만큼 열정적이지만은 않았다.

그들은 그나마 중립을 지키고 있는 것이다. 수련생들처럼 나이가 어리지는 않아 학관 내 분위기에 잘 흔들리지 않는 덕분이다.

"바로 움직이도록 하지."

조사단의 면면들은 화려했다. 주요 인물들만 살펴보자면,

염소수염을 특징을 가진 자가 검으로 유명한 청성파의 화웅 진인이다. 그는 청성파의 장로이자, 무림맹에 파견 나온 상태로 이번 조사단에 함께했다.

나이에 맞지 않은 잘 다듬어져 있는 몸을 가진 학관 출신으로 수련생들의 지지를 한몸에 받고 있는 관철성 관언은 더 말할 것도 없었다.

정의당의 정신적 지주라고 할 수 있는 전 정의대주 완헌이 이곳에 온 것은 약간 의외기는 했다. 그는 대외적 활동은 잘 하지 않는 이였으니까.

마지막으로 왕정 하면 이를 갈기 시작하는 사천당가의 당기선이 조사단의 면면들이었다.

독존황의 예상대로 당가의 사람이 조사단에 파견된 것이다. 독을 사용하는 곳이 많지 않으니 당연했을지도 모르지만 장로쯤 되는 자가 오는 것이 문제였다.

특히나 당기선의 경우에는 왕정과 대련을 벌였던 당이운에 대한 애정이 두텁다고 소문난 자였다.

그나마 다행인 점이 있다면 관철성 관언이 왕정에 대해 호감이 있는 정도.

정의당 의원은 필요 때문에라도 왕정에게 도움의 손길을 내밀지도 모른다는 정도다.

"바로 움직이도록 하는 게 어떻겠는가? 이미 결과가 뻔한 듯한데……."

자료를 살펴보자마자 확정지어 말을 내뱉는 당기선이었다. 이쯤 되면 그가 원하는 바는 뻔했다.

"흠흠…… 그거 좋겠구먼……."

청성파의 화웅 진인 또한 동의를 내뱉는 것으로 보아 무언가 약조를 한 바가 있는 게 분명했다.

그렇지 않고서야 청성과 당가의 사이가 가깝다곤 해도 저리 쉽게 말을 따를 리가 없었다.

보다 못한 관언이 나서 본다.

"확정을 짓는 건 그리 좋지 못한 것 아닙니까?"

"흐흠…… 허나 상황이 그렇지 않은가? 이건 너무 뻔해."

"너무 뻔하기에 저희가 파견된 것일지도 모르지요. 마치 이건 그를 함정에 빠져들게 하려는 것 같지 않습니까? 아주 대놓고요."

"커흠…… 그럼 이 자료들은 뭐란 말인가? 때론 단순하게 생각하는 것이 맞을 수도 있네."

여기서 그라는 것은 왕정인 것을 여기 있는 자라면 누구나 알았다. 당기선이 왕정을 싫어하는 것 또한 당연히 알았다.

이건 누가 보아도 이미 왕정을 처벌하겠다고 확정지은 태도였다. 관언으로서도 막아서고는 있지만 당기선의 고집이 여간내기가 아니었다.

'그렇다 해도 이렇게 쉽게 진행하게 할 수는 없는 일이지. 아무리 정파가 내부부터 썩고 있다지만…… 이건 옳지 못하지 않은가.'

자신이 오랜만에 호감을 가진 이가 왕정이다. 그런 이가 살인을 저리를 리가 없었다. 아니, 저지르더라도 이런 식으로 저지를 사람은 아니었다.

증거는 없어도 심정적으로라도 왕정을 응원하는 관언이다. 해서 그는 다시금 제지를 걸었다.

"일단은 더 조사를 하도록 하지요. 용의자로 두는 것까지는 어찌할 수 없으나, 제대로 조사를 벌여야 한다 생각합니다. 누가 뭐래도 그는 학관의 사범 아닙니까?"

"크흠…… 그렇다 해도 증거가 명백……."

관언이 결국 폭발했다.

"아니! 이런 상황 자체가 웃기지 않습니까!?"

"허허…… 어디 소리까지 지르나……."

학관 출신으로 무림맹의 수뇌에 있으면서도 자신의 의견을 자주 표출하지 않던 관언이다. 그만큼 그는 과묵한 성격이었다.

또한 그가 과묵함을 유지하는 것은 무림맹의 수뇌로서 그만의 정치적인 수단이기도 했다. 때론 과묵함에서 발로한 침묵이란 것이 금보다 귀할 때가 있으니까.

그런 그가 소리를 지르고 나서니 당기선으로도 움찔할 수밖에. 무공보다도 정치력이 높은 그이지만 이번에는 물러날 수밖에 없었다.

"이거 참…… 뻔하네만 한번 다시 조사를 해 보지……."

관언이 시간을 벌어줬다.

*　　　*　　　*

"허허. 이렇게 보게 될 줄은 몰랐으이."

앞서 당기선에게 소리를 치던 관언은 언제 그랬냐는 듯 왕정에 처소에는 웃는 낯으로 찾아 왔다.

아직까지도 자신을 믿어준다는 것이 눈에 훤히 보였기에 왕정은 그를 반갑게 맞이할 수 있었다.

"오랜만입니다. 관언 어르신!"

"그래. 괜찮은가?"

"안 괜찮을 게 또 어디 있겠습니까? 비록 함정에 걸렸으나 저는 결백합니다."

"그래. 나도 믿네……. 하지만 상황이 좋지는 못하군."

관철성 관언.

그는 학관 출신으로 수뇌에까지 오른 입지적 인물이 아니던가. 무공 실력도 실력이지만 정치력도 만만찮았다.

아니, 없던 정치력도 무림맹의 수뇌로 살아가기 위해서는 길러질 수밖에 없었다. 평소 수뇌 사이에서도 두문불출하는 그의 모습조차도 그의 정치적 선택인 것이다.

"하늘이 무너져도 솟아날 구멍은 있다잖습니까? 어떻게

든 수가 있다 생각하고 있습니다."

"희망적인 것은 좋네만…… 그래도 이번 일은 자네도 힘들지 모르네."

"최선을 다해봐야겠지요. 그나저나 밖에 한분 더 계시는 듯싶습니다만……."

"허허. 들켰는가? 실은 그대를 도와준다 해서 데려왔네. 그대를 돕고 싶어 그리한 것이니 너무 기분 상해는 말게나."

미리 이런 언질을 하는 것으로 보아서는 뭔가 있다는 소리다. 대체 무엇 때문에 관언이 이리 조심스러운 것일까?

얼마 지나지 않아 둘 사이에 다른 이가 모습을 드러냈다. 모습을 드러낸 그는 곱게 늙음이 보기 좋은 완헌이었다.

"처음 뵙겠습니다. 왕정이라고 합니다."

"완헌이라고 하네. 부족하지만 무림맹에 의탁을 하고 있다네."

실제로 보는 것은 처음인 둘이다. 과연 그는 무엇을 위해 왕정을 찾아 왔을까? 그 답은 독존황이 찾아줬다.

─거래다. 허허. 재미있구나.

*　　　*　　　*

"이 나이쯤 먹으면 알게 되는 일이지만…… 때로는 쉬운 길을 가는 게 좋다네."

"저는 아직 어려서 그리는 못 하는가 봅니다."

"허허. 그럴 만한 나이기도 하지. 그래. 그대의 선택은 내 존중하이. 나도 그대의 나이었다면 그랬을 테니까."

완헌은 아직까지도 아쉬운 기색이 역력했다. 하지만 왕정의 확고한 표정을 그도 읽은 바, 달리 수가 없다는 것을 알았다.

"그럼 내 건승을 기원하겠으이. 비록 그대가 거절을 했다 해도 중립은 지킬걸세."

"그 정도만으로도 충분합니다."

"허허. 그럼 먼저 가보겠으이."

가만히 둘의 대화를 지켜보고 있던 관언이다. 그로서는 왕정의 선택이 안타까울 수밖에 없었는지 표정이 그리 좋지만은 않았다.

"괜찮겠는가? 나 또한 열심히 노력을 해 보겠으나…… 당가와 청성이 어찌 나올지는 뻔히 알지 않는가?"

"괜찮습니다."

완헌이 중립에, 관철성이 그를 돕는다 해도 청성과 당가가 그를 범인으로 지목할 거다.

조사단 핵심 중 둘이 그를 범인으로 지목하게 되면 그가 범죄를 저지르지 않았어도 범죄자가 돼 버린다.

말도 안 되는 소리 같지만 그게 현실이다. 그런데도 왕정은 완헌이 제시한 거래를 받아들이지 않았다.

'어차피 그들도 정파의 허울을 두르고 있는 한 나를 공적으로 몰지는 못한다.'

왕정으로서 믿는 바가 있었다. 아니, 조사단이 오기까지 독존황과 논의한 방안을 믿었다.

둘이 생각한 것은 매우 직건적이고 단순한 방법이었지만, 때로는 그런 방법이 먹혀들고 했다.

"허허. 그렇다면야 내 어찌 다른 수가 없군……. 그럼 다음에 보겠네."

"마음 써 주셔서 감사합니다."

"허허……."

관언으로서는 못내 아쉬운 듯했다. 하지만 어찌하겠는가? 이미 그의 마음은 정해져 있거늘.

어떤 어려움이 닥치더라도 그는 그 방안을 시행할 생각이었다.

"이만 자리를 떠야겠구먼…… 그래도 그대가 인덕은 있는 듯하이."

"음? 다른 이가 왔군요."

누군가가 또 방문해 왔다.

관언을 보내면서

'당가의 사람인가? 우습게 협박이라도 하려는 건가.'

하고 문을 열어 보니 당가의 사람은 아니었다. 대신에 이
제는 익숙하다고 할 만한 그녀가 찾아왔다. 제갈혜미다.

다 늦은 밤에 이렇게 찾아오면 좋지 못할 소문이 돌 법도
하건만 그녀는 그런 소문을 신경 쓰지 않는 듯했다.

다만 그녀의 표정은 평소보다도 더 어두웠다.

"무슨 일이 있으신지요?"

자신의 상태도 그리 좋지만은 않건만 왕정은 제갈혜미의
안부부터 물었다. 그녀의 표정이 너무 어두운 탓이다.

"……죄송하게 되었습니다."

죄송하다니? 그녀가 죄송할 일이 뭐가 있을까?

도와주지 못해서?

그는 어리지만, 생각마저 어리지는 않았다. 그녀의 상황
상 도와주지 못할 것이야 이미 이해했다.

제갈혜미도 그가 그 정도는 생각할 줄 안다는 것을 알 거
다. 많은 대화를 했으니까. 그런데도 죄송하다라?

"뭐가 죄송하다는 것인지요? 적어도 소저는 제게 죄송할
이유가 없습니다."

"……오늘 본가에서 서찰을 받았습니다."

"그렇습니까?"

"예. 그리고 그 내용에는…… 중립을 지키라는 말이 있었습니다. 아무래도 저희가 교류를 한 것이 본가에서는 마음에 걸린 것이겠지요."

"하하…… 좋군요."

"예?"

그녀의 말에 왕정은 되려 웃어 보인다.

'왜 안 좋은가?'

그녀는 분명 본가에서 서찰을 받았다고 했다. 그녀 또한 제갈세가의 사람이니 본가의 말을 따를 수밖에 없을 터.

게다가 그 내용은 중립을 지키라 말했지만, 실상 따지고 보면 왕정의 편을 들지 말라 말한 것이나 다름없었다.

그런 서찰을 받고도 그녀가 굳이 왕정을 찾아올 이유는 없었다. 중립을 지키라고 서찰까지 받았으니까.

'그런데도 찾아왔다.'

이것이 뭘 뜻하겠는가? 적어도 그녀만큼은 같이 교류를 나눈 사이로서 도리를 안다는 소리다.

도와주고 싶으나 도와주지 못한다는 사실에 어두운 표정을 지을 줄 안다는 소리기도 했다. 이 얼마나 인간적인가?

해독을 한다는 이유로, 의술을 좀 쓴다는 이유로 배척 아닌 배척을 받고, 살수의 방문까지 받았던 왕정이다.

여러 일을 당한 그로서는 이런 인간적인 모습이 되려 신선해 보일 정도다.

그러니 좋을 수밖에 없었다. 이 마음에 들지 않기만 하던 무림에서도 그나마 인간적인 부분을 보게 되었으니까.

그녀의 이런 모습마저 보지 않았더라면, 어쩌면 왕정은 이번 일을 해결하고도 무림에 깊은 실망을 했을지도 모른다.

'그동안은 오직 악의밖에 남지 않은 무림만 보아 왔으니까……'

비록 그녀가 자신의 편은 들어주지 못한다고 하더라도, 이 정도면 충분했다. 자신을 위해 나서주지 않아도 되었다.

그게 그의 진심이었다.

"고맙습니다. 그 정도면 됩니다. 하하. 어려운 걸음 하셨습니다."

"……돕고 싶었습니다."

"그 마음만으로도 감사합니다. 하하. 그럼 먼저 들어가시지요. 밤이 늦었습니다."

명백한 축객령이다.

왕정으로서도 어렵게 걸음을 한 그녀를 곤란케 하기는 싫었기에 그녀를 처소로 들이지 않은 것이다.

다 큰 아녀자를 데리고 이 밤중에 처소에 들이게 되면,

그녀에게도 피해가 꽤 클 테니까. 그게 예의다.

그런 예의를 알 법한 그녀임에도 그녀는 지금이 못내 아쉬운 듯했다. 아니, 가고 싶지 않은 듯했다.

무언가 아쉬워하는 그녀였다. 하지만 눈치 없는 왕정으로서는 거기까지는 살피지 못했다. 결국 그녀가 나선다.

"……그럼 잘 해결하시길 마음으로 빌겠습니다."

"그 정도면 충분합니다."

그를 도와주기 위한 사람들이 모두 갔다. 관언도 다녀갔으며 완헌도 다녀갔다. 제갈혜미도 다녀갔고.

'모르긴 몰라도 이화 누님들도 애쓰고 있겠지…….'

이곳에 오지 않은 자들의 마음마저도 지금 이순간은 느껴졌다.

자신을 함정에 빠트리기만 하는 이 실망스러운 무림에서도 자신의 편이 전혀 없지는 않은 듯했다.

그렇기에 웃을 수 있었다. 힘을 얻을 수 있었다.

"잘 해내야지."

그가 자신에게 되뇌었다.

＊　　　＊　　　＊

왕정의 생각대로 이화들은 그를 돕기 위해서 분투하고

있었다.

"이건 누가 보아도 명백하오. 어서 일을 진행해야 하지 않겠소?"

"허허…… 흑무가 가져 온 자료를 보자면 그 이전에 불온한 움직임이 있지 않았소."

누가 범인인지, 신밀에서 움직인 자가 누군지는 아직 찾지 못했으나 그를 변호하기 위해 학관부터 들른 것이다.

일에 관련되어서는 치밀한 성격을 가진 정우이기에 그는 그동안의 기록을 가지고 조사단에게 넘겼다.

그가 기록을 넘긴 요지는 뻔했다.

'본래부터 신밀에서부터 수상쩍은 움직임이 있었으니, 그걸 의심해 보아야 한다. 그러니 왕정은 범인이 아닐 것이다.'

라는 것.

그게 흑무라 불리는 정우의 자료가 말해 주는 요지였다.

신밀 내부에서 갑작스럽게 일어난 불온한 움직임, 학관 내에서 일어난 독살사건. 이 둘을 연결하면 제법 그림이 그려지지 않는가?

따로 세력이 없는 것으로 알려진 왕정이니, 사람을 동원했을 수도 없을 터. 자료들이 왕정이 범인이 아님을 간접적으로나마 증명해 주고 있었다.

그런 증거 둘을 두고 당기선은 되려 더 열을 올리면서 말했다.

"아귀가 딱딱 맞아떨어지지 않소? 범인은 왕정이오."

"아니, 흑무가 건네주는 자료들은 살펴보지도 않겠다 이것이오?"

"허! 이 정도쯤이면 충분하지 않소이까?"

"……."

"허어……."

이제는 아예 대놓고 숨겨왔던 이를 드러내고 있는 당기선이다. 증거야 어찌 됐든 왕정을 불러들이겠다는 태도다.

완헌이 중립을 지키지만 관철성만으로는 역부족이었다.

"어서 그를 불러들여 심문을 해야만 하오!"

"사범 되는 자요. 그런 자를 불러서 어찌 심문하겠다는 거요?"

"사범? 그깟 사범 자리쯤이야 무시해도 되지 않소?"

"그깟 사범이라니! 학관 출신인 내가 있소이다!"

계속해서 말싸움을 벌이고 있는 둘이지만, 둘 모두 결론을 알고 있었다. 지금의 행위는 시간끌기밖에 되지 않았다.

"흘흘. 심문이라도 하면 나아지지 않겠소이까?"

"진인! 미심쩍은 것이 한두 가지가 아닙니다."

"그야 나도 알고 있소만…… 무림사에 해결해야 할 일이 어디 한두 가지입니까?"

"……."

이 지겹기만 한 시간 끌기도 결국 청성파의 화웅 진인까지 나서자 종료가 될 수밖에 없었다.

'어떻게 무림이 여기까지 온 것인가…….'

결국 탄식을 하며 관철성은 그때부터 침묵을 유지하기 시작했다. 더 말을 해봐야 소용이 없음을 깨달은 것이다.

"그럼 불러들이도록 하지."

"그럼세."

결국 왕정이 심문대에 서게 되었다.

第七章

심문을 당하다

예로부터 당가의 사람들은 무대를 만들 줄 아는 재주가
있는 듯했다.

독보다도 더!

당기선은 중립을 지키는 완헌과 관철성 관언을 보고 있
노라면 왕정을 아예 척살하는 것은 불가능하다 여긴 듯했
다.

'그렇다면 최대한 얻는 것이 있어야겠지.'

이참에 왕정을 죽이고야 싶지만, 어차피 기회는 많았다.
후에 시간이 지나 완헌과 관철성이 조사단에서 빠졌을 때,
다시 조사를 시작해도 되었다.

그때 가서 다시 조사단을 꾸리는 핑계야 만들면 되는 일이었다. 왕정을 죽이기 위해서라면 얼마든지 공을 들일 용의가 있는 당기선이었다.

그렇기에 그는 공개적으로 심문대를 만들었다.

'우선은 사람들로부터 고립을 시키는 게 시작이겠지.'

공개 심문을 함으로써 왕정에게 망신을 줌은 물론이다.

여기에 더해 당가와 왕정의 사이가 좋지 못함을 다시금 확인시킴으로써 그를 고립시키려는 의도였다.

오대세가 중 하나인 당가와 홀로 독존하는 왕정. 둘을 비교하면 뻔하지 않은가? 사람들은 둘 사이에서 당가를 선택할 것이다.

그러고는 고립시킬 것이 분명했다.

무림에 있다면 누구라도 사천에서 세를 구가하고 있는 당가에 괜히 밉보일 필요는 없을 테니까 당연하다.

학관의 수련생들과 사범. 여기에 더해 이화들과 조사단의 무리들까지 모두 모인 채로 공개심문이 시작되었다.

"죄인 왕정은 듣겠나."

"하하. 죄인이라니요? 심문을 당하나 저는 용의자일 뿐입니다."

"크흠…… 거의 확실시되고 있다네."

"확실시되더라도 확실한 것은 아니지요."

한 마디를 지지 않는 왕정이었다.

많은 이들이 왕정을 의심스러운 눈으로 보고 있음에도 왕정은 전혀 기가 죽지 않은 듯했다.

'와 주었군……'

그에게는 수백 명의 무심한 눈을 가진 사람들보다는 단 몇 명이 있는 것으로도 충분했다.

이화, 정우, 철아영, 제갈혜미, 관언.

이 다섯이 자신을 안타까운 듯 바라보고 있는 것만으로도 충분하단 말이었다.

세상 사람들 모두가 자신을 믿지 않고 의심한다 하더라도, 인연이라 생각한 그들이 자신을 믿어주기만 하면 되었다.

"커흠…… 이 자료들을 보게나. 독살. 독살. 독살. 오직 그대만이 할 수 있는 일이 아니던가?"

"하하. 푸하하하하하하. 이거 아주 걸작이군요?"

"왜 웃는 겐가?"

"독살을 저만 할 수 있다고 하셨습니까? 당가는 독살을 하지 못하는가 보지요?"

같은 독을 다루면서 그쪽은 독살을 못하느냐는 말이었다. 누가 봐도 왕정의 의도는 당가를 비웃는 것이었다.

유치한 말이었지만 그 유치함이 먹혀들었다. 당기선의

얼굴이 울그락불그락 해졌으니까.

"네, 네놈! 그런 의미로 말한 것이 아니지 않느냐!"

"하하. 독살을 저밖에 못한다 해서 말한 것을 왜 그러십니까? 누가 보면 정. 말. 죄라도 지은 줄 알겠군요."

이상스럽게 말리고 있는 당기선이었다.

또한 왕정의 태도도 이상했다. 그는 자신의 결백을 증명하는 것보다도 당기선을 도발하는 것에 더 열을 올리고 있었다.

보통 용의자가 된 이들이 자신의 결백을 증명하는 것과는 전혀 다른 태도라고 할 수 있겠다.

'우습지도 않지……'

허나 왕정으로서는 이게 의도한 바였다. 그리고 공개심문은 그가 의도한 바대로 계속 흘러나갔다.

왕정은 당기선이 무어라 말을 하든 그를 비꼬며, 열을 내게 만들 뿐이었다.

공개심문으로 왕정을 고립시키겠다는 당기선의 목적은 이뤄지지 않을 듯했다.

심문을 구경하는 이들에게는 되려 왕정이 그를 농락하는 것이 더 인상 깊게 남을 정도였으니까.

"네, 네놈을 당장에!"

"당장에 뭐요? 이 쓸데없는 설전은 그만 두고 본론에나

들어가지요."

"본론이라 했느냐?"

"그렇소. 본론."

이 심문은 이미 본론에 들어가 있던 것이 아니었던가?

이제 와서 왕정이 본론을 말하자고 하면 당기선으로서는 당황스러울 수밖에 없다.

"무슨 본론을 말하느냐?"

"하…… 말을 못 알아들으시네. 이건 누가 봐도 당가와 내가 척을 지어 일어난 일이 아니오?"

가만히 심문을 바라보고 있던 이들이 웅성웅성댄다. 설마 왕정이 이런 식으로 일을 벌일 줄은 예상치 못한 듯했다.

이쯤 되면 당기선으로도 그냥 물러서기가 애매했다. 아니, 어느 쪽도 그에게 득은 없었다.

당가와 왕정이 척을 짓지 않았다고 하면 당가가 왕정이 무서워 물러났다고들 할 게다. 당가를 깎아내리기 딱 좋은 상황이 그려지니까.

그렇다고 척을 진 것을 인정하면? 당가와 왕정이 서로 척을 졌기에 당가에서 왕정을 죄인으로 본 것으로 된다.

결국 어느 쪽이든 득이 없는 상황이었다.

'멍청한 녀석. 당가가 다른 무가보다 실리를 중요시함을

몰랐군.'

둘 다 득이 없는 듯하다면 그나마 실리적인 것을 선택하는 것이 당가다. 당기선은 그 두 가지 상황 속에서 결국 하나를 선택했다.

"그래. 그래서 본론이란 것이 본 가문과 네가 척을 졌다는 것이더냐?"

"아니지요. 중요한 건 그 다음이 아니겠습니까?"

"그 다음?"

언제부터인가 왕정에게 말리고 있음을 눈치채지 못하고 있는 당기선이었다. 왕정의 도발에 꽤 열 받아 있는 덕분이다.

어느새부터인가 왕정이 범인으로 몰렸다는 것은 중요하지 않게 되었다. 모두 왕정이 원한 바대로 돌아가고 있었다.

"그렇지요, 다음. 어차피 증거를 가지고 서로 범인이니, 아니니를 이야기 해봤자 평행선만 그릴 뿐이죠. 그러니 다음을 생각하자 이겁니다."

"그 다음이 뭐라 생각하는 게냐?"

당가와 왕정이 그리는 평행선에 접점을 찾을 수 있는 방법이 있을까? 당기선이 생각하기엔 없었다.

이 평행성은 왕정이 죽어야만 끝나는 평행선이었다. 그

런데 왕정은 그리 생각하지 않는 듯했다.

"무림에서 이렇게 의견 충돌이 일어나면 답은 하나밖에 없지 않습니까?"

"……대련이라도 또 벌이자는 것이냐? 아니면 당가를 상대로 홀로 덤벼들기라도 하겠다는 것이더냐?"

"솔직히 홀로 당가를 어찌 이기겠습니까. 다만……."

"다만 뭐냐?"

"후후. 대련은 가능하지 않겠습니까?"

그가 자신만만한 얼굴로 말했다. 왕정의 자신만만함이 당기선에게는 이죽거림으로만 보일 뿐이었다.

"허. 허허허……."

당기선의 입에서 헛웃음이 흘러나온다.

이건 당가에 대한 도전장이었다. 심문으로 마련된 자리지만 어느새 도전하는 자리가 됐다.

"일대일 생사비무를 제안합니다. 능력껏 구해와 보시지요. 하하."

"……."

당했다. 이제 와서는 확실해졌다.

놈은 처음부터 비무를 제안할 것을 생각하고 일을 벌였음이 분명했다. 이죽거림도, 당기선을 열 받게 한 것도 모두 지금을 위해서일 거다.

무리를 해서라도 당기선과 자신의 대결 구도를 만든 게다. 아니, 당가와 자신의 대결 구도를 만들었다.

그리고 그 구도를 이용하여 심문의 자리를 비무의 자리로 뒤바꿨다.

'인정할 수밖에 없는가…….'

어디 하류 잡배가 어쩌다 독공을 얻어 해독을 하고 다니는가 했다. 감히 당가가 무서운 줄도 모르고!

사냥꾼 출신이라는 것이 어디까지 설쳐대는가를, 보기 싫어 살수도 보냈었다. 어디까지나 하류잡배라 판단한 덕분이었다.

그런데 놈은 그런 하류잡배가 아니었다. 멍청하기만 한 놈이 아니었다.

자신의 상황을 이용할 줄 알고, 준비된 함정을 역으로 이용할 줄 아는 영민한 녀석이었다. 제대로 된 놈인 거다.

인정을 했으니, 이제는 제대로 반응을 해 줄 수밖에 없었다.

당가와 맞먹을 만한 무인은 아니더라도, 적어도 한 명의 무인 정도는 되었으니까. 그에 걸맞은 대우를 해야 했다.

잠시 뜸을 들이던 당기선이 드디어 입을 열었다.

"자리를 마련해 주도록 하지. 그래. 이번이 벌써 두 번째이던가? 이번에는 목숨을 걸고 제대로 해 보도록 하자꾸나."

"하하. 좋습니다."

"얼마의 시간을 원하느냐?"

상대를 인정했기에 당기선은 정식으로 자리를 마련하고자 했다.

다시금 대련을 위한 자리를 마련하고 왕정에 걸맞은 자를 구하려면 그도 꽤나 부산하게 움직여야 할 게다.

"지난번처럼 한 달이면 되지 않겠습니까? 당가에서 사람이 오려면 그 정도 시간은 필요할 테고요."

"한 달이라……."

한 달. 적당한 시간이었다.

"좋다. 그때 생사비무를 펼쳐보도록 하자."

"예."

결국 다섯이 넘는 목숨을 앗아간 살인 사건은 당가와 왕정의 대결 구도로 급작스럽게 흘러가기 시작했다.

생사비무에 이기게 되면 이번 일을 획책한 당가로서는 원하는 바를 얻는 터. 다만 그 체면이 곤두박질치는 것은 어쩔 수 없게 될 거다.

잠시 덮이긴 했지만 이번 살인 사건을 빌미로 한 명의 개인에게 당가가 수작을 부렸다는 소문이 돌기는 할 테니까.

왕정으로서는 득만 얻었다.

어떤 방식으로 항변을 하더라도 용의자가 될 상황에서 용케도 벗어났다. 자연스럽게 당가가 벌인 일인 게 아닌가 하는 구도도 그려 넣었다.

'내 목숨을 가져가려는 목적인 것이 너무 뻔하니 당하는 거지.'

함정이 있음을 몰랐으면 모를까, 함정이 명확하게 보이면 역으로 이용하는 것은 쉬웠다. 그는 함정을 이용하는 게 업인 사냥꾼이었으니까.

대결이 성사됐다.

＊　　　＊　　　＊

"후우……."

당기선이 날린 전서구가 당가를 향해 급히 날아가기 시작한다. 잘 훈련받은 놈이니 내용을 잘 전해 줄 수 있을 터다.

'한 달 내에 구하려면…… 역시 그 녀석이 오려나?'

승부에 이기자고 너무 높은 배분을 데리고 오는 것도 당가의 체면이 땅에 곤두박질치는 일이다.

그렇다고 생사비무를 벌이기로 했는데 약한 이를 데리고 올 수도 없었다. 이겨야 하는 건 당연한 일이니까.

배분도 적당하면서, 왕정을 이길 수 있다고 할 수 있는 자는 당가 내에서도 몇 되지 않았다. 솔직히 나이치고 왕정의 경지는 비정상적으로 높긴 했으니까.

그리고 당장 움직일 수 있는 자까지 생각하면?

떠오르는 놈은 하나다. 당기선이 아닌 당가의 문주 당기전 또한 당기선과 같은 생각을 할 것이다.

"골치가 아프겠군……."

당가의 미친놈인 그 녀석이 올 터다. 이번 일만은 가주도 달리 방안이 없을 테니까.

이미 당가의 승리라고 생각하는 것인지, 머리를 쥐어잡으며 이기고 난 후부터를 걱정하는 당기선이었다.

철아영이 오랜만에 그를 찾아왔다. 당연히 이화와 정우도 함께였다.

"역시 너는 일 크게 벌이는 데는 뭐 있다니까?"

"에이. 누가 들으면 오해하겠네요. 그럴 리가 없잖아요? 가만 두기만 하면 조용히 살 사람이 저라고요. 법 없이도 사는 사람이 저라니까요?"

"하…… 말이라도 못하면……."

못 말리겠다는 듯 왕정을 바라보던 철아영이 걱정스러운 눈빛으로 묻는다.

"그나저나 정말 괜찮은 거야? 이번엔 당가에서도 호락호락 넘어가지 않을 거야."

"그렇겠지요. 공식적으로 절 죽일 수 있는 기회가 다시 올 리도 없으니까요."

"그런데도 어떻게 그리 자신만만한 거야?"

"그러지 않을 이유도 없지 않습니까. 이래 봬도 절정고수라고요."

"당가에도 절정 고수는 알려진 자들만 해도 열도 넘는다고…… 에휴……."

"그래도 제 배분에 있을 만한 자는 몇 없지요. 그렇다면야 저에게도 승산이 있습니다."

"그거야 그렇지만……."

철아영은 때로 정보도 담당하는 임무를 맡고 있었다. 정보에 관련된 일을 하면 자연스레 듣는 것도 많은 터.

당가에 있는 절정 고수들에 대한 정보 정도는 알고 있는 그녀기에 왕정을 걱정할 수밖에 없었다.

왕정에게 두 번이나 당한 당가지만, 결코 만만치 않은 곳이 사천당가다. 괜히 무림의 패자 중에 하나가 아니다.

만만한 곳이었다면 진즉에 사라졌을 거다.

"하하. 응원이나 제대로 해 달라고요. 아니, 응원을 해 주면 좀 곤란하시려나…… 음. 눈으로나마 빌어주세요."

그때 가만있던 이화가 나선다.

"해 줄게. 이기면 상을 주마."

"헤에…… 이화 누님이 주는 상이라? 뭔가 기대되는 걸 요? 후후."

"그래. 꼭 이겨."

대결의 날이 빠르게 다가오고 있었다.

*   *   *

독의 사천당가.

침중한 기색으로 당기선이 보낸 서찰을 읽은 인물은 당 가를 책임지고 있는 가주였다. 일이 이렇게 진행될 줄은 그 도 예상치 못했던 바였다.

'이겨야 한다.'

어차피 질 수도 없다. 여기서 지면 가문이 망신을 당하게 된다. 그렇다면 필승의 패를 꺼내 들어야만 했다.

가주 당기전이 침중한 표정으로 수하에게 명했다. 지금 상황에서는 그가 내릴 수 있는 최선의 명령이다.

"폐옥에 있는 당한을 들라고 하라."

"……폐옥에서 꺼내는 겁니까?"

폐옥(廢屋).

당가에서도 특별히 단속하는 곳 중에 하나다. 만들어진 사연이 있어 감옥이라면 감옥인 곳이 폐옥이었다.

"데리고 오라 말했다."

"실행하겠습니다."

가주의 명이기에 실행은 하지만 내키지 않는다는 표정이었다. 평상시라면 그 표정에 경이라도 칠 당기전이다.

하지만 지금은 그리하지 못했다. 그 또한 같은 심정이었으니까.

"데려왔습니다."

"들라 하라."

폐옥이 먼 곳에 있는 것은 아니었기에, 그를 데리고 오는 것까지는 금방이었다.

"키킥. 오랜만이우?"

"……."

모습을 드러낸 당한.

그는 넝마를 입은 주제에도 그 눈빛만큼은 살아 있었다. 아니, 광기가 요동쳐 눈빛에만 시선이 갔다. 딱 봐도 미치광이였다.

당기전에게 예도 지키지 않았지만 가주는 신경 쓰지 않았다.

'아까운 녀석…….'

당한은 처음부터 미친놈이 아니었다. 당가의 무공을 익히다 미쳐버린 놈이다.

독을 익히는 당가에서야 이런 식으로 미치는 경우야 흔해 빠졌다. 독공을 익힌다는 것은 목숨을 걸고 익힌다는 것과 진배없으니까 당연한 이야기다.

실상 폐옥이란 곳도 그런 식으로 독공을 익히다 미친 자들이 들어가는 곳이었다. 감시를 당하거나 혹은 미친 채로 세월을 죽이는 곳이 폐옥이다.

미쳤다고 해서 같은 가문의 사람을 죽일 수는 없으니까.

당한은 그런 폐옥에 들어간 이들 중에서도 가장 아까운 자였다. 폐옥에 들어선지 벌써 햇수로만 사 년이 되었건만 당한의 나이는 이제 스물둘이었다.

그런데도 절정을 넘어 초절정에 가까운 이가 바로 당한이었다.

머리가 반쯤 돌아가, 예의도 모르고 사람 죽이기를 재미로 아는 백정이 되었다지만 실력은 여전히 진짜였다.

무슨 이유에서인지 몰라도 시간이 갈수록 강해지고 있는 괴물이기도 했다.

직계가 아니었다. 하지만, 직계에 가깝다.

그가 독공을 익히느라 미치지만 않았더라면 실력 우선주의인 당가의 다음 대 가주가 되었을지도 모를 이가 당한인 것이다.

떠오르는 별을 잃은 셈이다. 그러니 당기전으로서도 안타까울 수밖에 없었다.

"임무가 있다."

"킥. 그게 뭐요? 먹는 거요?"

"그래. 이 일을 잘만 하면 먹을 것을 주마."

"후읍. 후읍."

먹을 거라는 말에 미친놈처럼 갑작스레 심호흡을 내쉬는 당한이었다. 그에게 먹을 것은 독이었다.

독을 먹을 수 있다는 것에 잔뜩 흥분을 한 듯했다.

"후으으읍! 진짜요?"

"원하는 대로 주지. 단, 사고를 치지 말고 가서 한 명만 죽여야 한다. 딱 한 명!"

"좋소. 키킥. 사람 하나 죽이는 게 뭐 일이라고. 쉬운 일이라고 다음에 먹을 거 안 주면 안 되오?"

"물론이다. 약속은 지킨다."

"키익…… 뭐 전에도 속긴 했지만…… 이번에도 한번 속아주지."

과연 미친 건지, 아니면 미친 건지 모를 당한이었다.

전의 일을 기억을 하고 있으면서도 하는 짓을 보면 애인놈이다.

순수하다 못해 그 순수성으로 잔혹한 짓을 서슴지 않게
할 수 있는 잔혹한 어린아이가 그였다!

"키킥. 당장 움직여도 되오?"

"안내자를 붙여 주마."

"킥. 죽이면 안 되겠지?"

"그래. 한 명만 죽이면 된다."

"칫…… 재미없기는 가오."

당가의 골칫거리가 움직이기 시작했다.

*   *   *

대련을 준비해야 했다.

―순일함을 당장에 얻을 수 없으니 다른 방안부터 얻도
록 해 보자.

"뭘요?"

―독공 그 자체에 대해서!

독존황이 살아생전 평생 매진한 것이 독공이다.

다른 것은 익힌 바가 적어 왕정에게 가르칠 것이 적었다.
그렇기에 왕정도 학관까지 와서 대련을 보며 견문을 넓히
지 않았던가.

하지만 적어도 독공만큼은 확실했다. 그는 독공에 있어

서만큼은 지존이었다.

—네가 상대해야 할 자는 당가의 사람이 아니더냐. 그러니 독공을 익혔겠지. 독공을 익힌 나만큼이나 독공의 약점을 잘 알만한 이도 드물지 않더냐.

아는 만큼 보인다는 소리다. 확실한 근거를 가진 말이기에 뭐라 할 것도 없는 왕정이었다.

'대련까지 시간이 좀 남았으니 배워 둬서 나쁠 것은 없겠지.'

독존황의 설명을 듣기로 마음먹은 왕정이었다.

"어디서부터 들으면 되나요?"

—독공의 기초!

독공은 본디 왕정처럼 독을 흡수하는 것에서 시작되지 않는다.

독인이 되기 위한 독의 흡수는 대부분 일정 경지가 되고부터 시작했다. 경지도 안 돼서 잘못 독을 흡수하다간 미치거나 죽는다.

독을 흡수하는 것부터 시작한 것은 어디까지나 왕정이 익힌 연독기공이 절세의 무공이라 가능한 일이었던 셈이다.

그럼 처음 독공을 익힌 자들은 뭐부터 하느냐고? 독을 가지고 다루는 방법부터 수련을 하게 된다.

―암기를 이용하는 방법에서부터. 바람을 이용하는 것까지. 독을 다루는 방법이란 것은 무궁무진하다.

"흐음…… 그걸 언제 다 익혀요?"

―다 익힐 필요가 뭐 있느냐? 대련 시에 상대가 쓸 만한 방안들만 미리 대비하면 된다. 절정의 고수라도 이는 유효하다.

왕정은 절정에 이르고 나서부터는 독으로 이뤄진 기를 이용해서 독공을 활용하지만 다른 이들은 달랐다.

당가만 하더라도 독장을 날리는 것보다 암기를 날리는 것이 더 유명하지 않은가? 오죽하면 만천화우가 그들의 최후 절초라고도 불릴까!

"그래도 독에 당하지 않아요?"

―그때는 네 내공을 믿는 수밖에. 또한 미리미리 백해단을 만들어 두도록 해라.

"백해단을요?"

―급할 때 흡수해야지! 가지고 있는 것만으로도 도움이 될 거다. 생사비무이니 제한도 없을 게고.

"헤에…… 재밌는 일이네요."

독공과 독공을 익힌 자의 대결인데 해독단을 준비한다? 모순적인 이야기이니 재미가 있을 수밖에.

―긴장하거라! 보통 상대를 보내지는 않을 거다.

"아무렴요. 저라고 긴장을 전혀 안 하겠나요?"

—흐음…… 네가 그리 말을 하니 더 말을 하지는 않으마.

"예. 저도 꽤나 진지하다고요."

—좋다. 우선 오전에는 네가 하는 전투법을 마저 다듬고, 오후에는 독공 그 자체에 대한 공부를 해야 한다. 어서 움직여! 시간이 없잖느냐!

"옙!"

당한의 이동과 함께 왕정의 준비 또한 이뤄지고 있었다. 죽지 않기 위해서라도 준비를 할 수밖에 없었다.

'영역도 함정도 없이 하는 첫 생사비무인가…….'

그래도 준비할 것이다.

살아남기 위해서 자신이 할 수 있는 모든 것을 할 것이다. 그게 그가 지금껏 해 온 것들이니까.

수련하고 또 수련한다. 그러면 살아남을 수 있으리라. 아니 살아남을 확률을 올릴 수는 있으리라!

한 달이 지나고.

"키킥. 여긴가? 내가 죽일 놈이 있는 곳이?"

당한이 도착했다.

第八章

생사비무

  학관 내에 비무대는 많았다. 수련을 위한 곳은 물론이고, 평상시도 사용할 수 있게 만들어 둔 터다.

  그곳 중에 가장 상태가 좋은 곳이 이번 생사비무의 비무대로 선택되었다.

  독공을 이용한 대련이기에 독이 퍼지는 초유의 상황을 대비하여 진 또한 설치를 했다. 제갈혜미가 없었다면 이런 진도 설치가 힘들었을 거다.

  "이번 대련의 공증을 나선 관철성 관언이오. 공정한 대결이 되도록 할 터이니, 모두 주의 깊게 봐주시오."

  "……"

"당한은 좌로, 왕정은 우로 자리를 하시게."

처억. 척.

"대련을 시작하겠네!"

다른 비무라면 환호성이라도 불러일으키겠지만, 지금은
아니다.

생과 사를 가르는 비무는 학관 내에서도 처음 있는 일이
다. 환호성을 지를 수 있을 리가 없다. 모두의 침묵 속에 대
련이 시작됐다.

"키익. 네가 요즘 이름을 좀 날린다지?"

"의도한 건 아니지만 그렇게 됐지."

딱 봐도 저건 미친놈이다.

왕정으로서는 눈이 벌게져서는 묘한 자세를 취하고 있는
당한을 보면서 그리 생각할 수밖에 없었다.

'당가가 저리 인물이 없는 건가…….'

하다못해 당이운을 집중 수련시켜서라도 데려오는 것이
나아 보일 정도다. 그때.

─방심하지 마라. 미쳤어도 실력은 진짜배기다.

[그래요?]

─당가에서도 꽤나 수위를 다투는 놈일 것이다. 거의 초
절정에 다다라 있다.

비무에서는 경지가 모든 것을 말해주지는 않는다. 경지,

상황, 환경. 그 모든 것들이 잘 어우러져야 승리할 수 있는 것이다.

하지만 경지를 무시할 수도 없긴 하다. 분명 경지가 높으면 경지가 낮은 이보다는 훨씬 유리하다.

의외로 저 미친놈은 자신보다 경지가 높았다. 그것도 적어도 두 단계 정도!

잠시나마 방심을 했던 왕정은 다시금 마음을 다잡고서는 자세를 취했다. 상대가 미쳤어도 정신을 차리고 상대해야 했다.

"키이익. 일수만화!"

독공을 익힌 자들끼리의 대결에서 어중간한 독은 필요 없다 여긴 건지 놈은 암기술부터 시전해 왔다.

"하앗!"

왕정은 놈이 날리는 비접들을 피하고 깨부수면서 점차 거리를 좁혀 나갔다. 당한의 공격이 화려함이라면 왕정은 묵직함을 보이고 있었다.

"어쭈?"

왕정이 쉽사리 자신의 암기들을 막는 것에 뿔이 났는지 녀석이 공격을 달리하기 시작했다.

되려 그가 먼저 왕정과 거리를 좁히기 시작하더니 당가 특유의 금나수를 선보이며 왕정을 압박한 것이다.

─아직. 아직까지는 권법으로 나아간다.

그 또한 당한처럼 금나수를 익힌 것은 아니다. 하지만 권법은 배웠었다. 독공보다는 못하지만 잠시의 시간벌이는 됐다.

이를테면 지금 둘이서 벌이는 것은 탐색전!

금나수로 잡으려는 당한과 이를 빠져나가며 한 방 먹이려는 왕정의 쫓고 쫓기는 싸움이었다.

삼십 합을 순식간에 겨룬 둘은 미리 약속을 했다는 듯이 뒤로 물러났다.

"제법인데? 어디 그럼 본격적으로 해 볼까. 키익……."

"……미친놈."

당한이 자신의 암기를 이용하여 팔에 상처를 낸다. 비무 도중에 자해라니 미친놈이라고밖에 할 수 없다.

─역시…… 독인에 가까워지는 녀석이구나. 놈의 피 자체가 독이다. 그것도 아주 강한 독!

놈이 준비를 다할 때까지 기다릴 필요는 없다. 왕정이 놈에게 틈을 주지 않기 위해서 달려 나가며 전음을 했다.

[하…… 당가는 저처럼 독단을 만드는 대신에 피를 독으로 만드는 겁니까?]

─연독기공의 묘리이자 최후의 경지는 몸 그 자체가 독단이 되는 것이라면, 당가는 몸의 구성이 독 그 자체가 되

는 것이니까.

묘하게 같은 말이다. 하지만 달리 해석을 하면 다른 말이다.

허나 지금은 대련이 먼저였기에 이를 더 생각할 시간은 왕정에게 주어지지 않았다.

휘이이익! 휘익!

"키킥…… 받아보라고. 해독을 해 보란 말야."

당한은 암기를 날리기는커녕 되려 휘두르면서 왕정을 위협했다.

놈의 피가 닿는 곳마다 치이익 거리면서 녹아드는 것을 보면 뭐든지 녹이려 드는 산독의 종류가 분명했다.

'저러니 미쳤지…….'

대련장을 녹이는 독을 피로 가지고 있다?

모르긴 몰라도 완전한 독인이 되지 않는 한은 피가 돌때마다 계속 고통을 느낄 거다. 독인이 아니니까.

놈이 미치는 것도 이해는 간다.

'시작해 볼까.'

탐색전은 끝났다. 왕정은 자신이 준비한 것을 꺼내 들로 마음먹었다. 무림인의 입장에서 보면 치사한 일일지도 몰랐지만, 그로서는 준비인 것들이었다.

바로 함정.

"죽엇."

콰아아아아앙!

독을 묻힌 암기와 쌍장이 부딪쳤음에도 폭음이 일어났다. 전에 없을 만큼 강한 폭음이었다.

"……재미있는 수를 쓰는구나."

"난 사냥꾼이니까."

"킥. 이것도 받아 봐라."

초절정에 가까운 당한이 왕정보다 내공이 많을 수밖에 없다. 아니, 내공이 아니더라도 피가 독이니 독의 양으로라도 왕정을 압도할 수 있을 터다.

아무리 왕정이 이 갑자의 내공이 있다지만 이는 어쩔 수 없다.

당한이 흡수한 독의 양만 하더라도 왕정보다는 많을 거다. 수련을 위해 들인 시간도 다를 터이고!

그러니 왕정으로서는 가장 효율적인 방법으로 당한을 상대해야만 했다. 좀 더 내공을 덜 쓰고, 좀 더 효율적인 움직임으로 대련을 해야 했다!

그런데 왕정의 움직임은 무언가?

휘이익. 휘익!

자신의 특기도 아닌 경공과 보법을 최대한으로 발휘해나가면서 당한을 압박해 나가고 있었다.

경공이 다른 그 어떤 무공보다도 많은 내공을 소모한다
는 것은 삼류 무사도 알고 있는 사실이 아닌가.

좀 더 효율적으로 싸워야 할 판에 되려 왕정은 내공을 낭
비하고 있었다. 마치 자신에게는 끝없는 내공이 샘솟을 수
있다는 듯이.

"……칫. 약은 놈."

"사냥꾼이라고 했잖아."

이는 왕정이 발휘한 한 수다. 아니 함정이다.

본래부터 연독기공은 세상 모든 곳에 있는 독을 흡수해
가며 사용한다. 독을 느낄 수만 있다면 자신의 것으로 할
수 있다.

그렇다 해도 경지가 낮으면 한계가 있기에, 자신의 내공
과 비슷한 성격을 가진 것을 흡수하는 게 더 효율적이고 빨
랐다.

왕정은 이 점을 이용했다.

자신이 만들어 놓은 백해단을 비무대에 가지고 들어와
이를 흡수하면서 경공에 내공을 쓰고 있는 것이다.

백해단의 가격을 생각하면! 정우가 보았더라면! 돈 지랄
이라고 할 만한 짓을 벌이고 있는 왕정이었다.

이게 그가 만든 첫 번째 함정! 어쩌면 당가의 암기를 대
신하는 그만의 무기가 백해단인 셈이다!

"칫…… 어디 이것도 받아봐라. 만룡암화(滿龍暗華)!"

비늘을 가진 물고기라도 되어 버린 건가? 아니면 초식 그대로 용이?

온몸에서 빛을 산란시키고 있는 당한이었다. 그의 몸 전체가 빛나는 듯했다.

—모두 암기다!

"……젠장."

어디서 저리 많은 암기를 구했을까?

어떻게 저런 식으로 온몸에 암기를 보관하고 있지? 모른다. 알 수가 없다. 당가의 비법일 게다.

쉬시시시식. 쉬식.

어떤 방식인지는 몰라도 그의 온몸에서 번쩍거림을 자랑하던 암기들이 순식간에 왕정을 향해서 쏘아져 나갔다.

정교함이라고는 하나도 찾아 볼 수 없는, 오직 화려함만 갖춘 한 수지만 그것으로도 꽤나 위협적이었다.

'이쯤 되면 결국 써야 하나.'

지금까지 그가 쓰지 않았던 것.

그것은 두 번째 함정!

그가 생각해도 치사하다 할 수 있는 한수이기에 쓰지 않은 것이지만 이제 와선 어쩔 수 없었다. 일단 살고 봐야하지 않겠는가?

"으아아아아압!"

파아아앙—

파앙.

산란하듯 왕정에게 쏟아진 암기들이, 왕정이 생성한 막에 부딪치며 막히기 시작한다. 그 위력이 낮은 것은 아니었지만 용케도 막고 있는 왕정이었다.

"네 녀석…… 나보다 더 치사하구나?"

"살려면 뭐라도 해야지."

"칫. 미리 준비를 하고 있다니…….'

"그게 사냥의 기본이다. 독공의 기본이기도 하고. 준비하는 게…….'

"독공이니까?"

"그래. 그게 기본 아니냐."

"칫. 어디 끝을 보자고!"

대련장. 그 안에 미리 독을 깔아 두었던 왕정이다. 혹시 몰라 준비를 했지만 왕정도 정말 사용할 줄은 몰랐다.

"그래. 끝을 보자."

지이이잉!

왕정이 지금껏 아끼고 있던 한 수를 사용한다.

백해단으로 내공의 이득을 얻어가면서 아껴두었던 진신 내공을 지금에 와서야 확실하게 사용하기 시작한다.

독단검. 오직 그의 기만으로 만들어진 독단검 둘이 모습을 드러낸 것이다.

"가, 강기!"

"진짜 강기를 사용한 건가!?"

아직 강기지경에는 이르지 못했기에, 강기보다는 약하지만 겉모습만 놓고 보면 확실히 사람들이 놀랄 만했다.

아직 어린 나이라고 할 수 있는 왕정이 강기를 흉내 냈으니까.

"받아봐라!"

"얼마든지!"

독기운. 그 자체로 이뤄진 왕정의 비기가 그대로 당한을 향해 쏘아져 나간다.

단검으로 만든 것 외에는 응용이랄 것도 없지만, 그것만으로도 충분히 위력적이라고 할 수 있었다!

"우와아아아아아아아악!"

당한이 자신의 모든 것을 끌어 올린다. 다시금 어디서 구했는지 모를 암기들이 그의 몸에서 쏘아져 나간다.

왕정이 쏘아버린 독단검들을 막아내기 위해서.

하지만 어찌 알았으랴!? 왕정이 준비한 한 수는 이것으로 끝이 아니었음을!

왕정이 만들 수 있는 독단검의 수는 둘이 아니라 셋이다!

콰직!

두 단검 사이에서 가려져 있던 독 단검 중에 하나가 당한의 심장을 그대로 관통해 버린다.

독기운이 아니라 해도 이 정도면 죽을 수밖에 없었다.

"……킥. 인정할 수밖에 없겠네……."

"잘 가라."

쿠우웅.

당가의 떠오르는 기대주였던 자, 당한. 그가 이십 줄이라는 어린 나이에 목숨을 잃었다.

"……."

당한이 유명한 것은 아니었지만, 대련에서 보인 위력을 보면 누구나 고수임을 알 수 있었다. 그런데 그 고수를 왕정이 꺾었다.

게다가 강기까지 사용해 가면서!

예리한 안목을 가진 자들은 왕정이 사용한 것이 강기가 아님을 알았다. 하지만 그렇다 해도 그 위력이 높은 것 또한 사실이었다.

왕정은 생사비무를 벌임으로써 전혀 생각지도 못한 모습을 관중들에게 보여준 것이다.

"……왕정의 승!"

"……."

그렇게 환호성도 없는, 오직 놀람만이 남은 당한과 왕정의 대련이 끝이 났다.

　승자 왕정이다.

*　　　　*　　　　*

　당기선은 마지막까지 발악을 해 봤다.

　"인정할 수가 없소. 미리 준비를 하면 누가 이기지를 못하오?"

　"독공은 본디 준비하는 무공 아니었습니까? 독을 준비하고, 독을 바를 암기도 준비하고요."

　관철성 관언이 왕정의 편을 들어 준다.

　"그 준비가 과하지 않소?"

　"생사비무인데 누구나 준비를 할 수 있다면 했을 겁니다."

　단호한 관언의 태도에 당기선이 소리친다.

　"끝까지 그렇게 그놈의 편을 들 것이오?"

　"편이 중요한 것이겠습니까? 저는 대련을 공증했고, 이미 대련이 끝났음을 선포했습니다. 여기서 결과에 불복을 하게 되면……."

　뒷말은 하지 않아도 뻔했다.

대련의 결과를 바꾸려면 공증인인 관언부터 꺾어야 한다는 소리다. 공증인이란 그 대련의 결과에 책임을 지는 자이니까.

천하에 당기선이라고 하더라도 관언을 그리 꺾을 수는 없었다.

한 명의 무인으로서 완성에 다다르고 있는 이가 관언이며, 그 정치력도 의외로 낮지만은 않았으니까.

관언을 고꾸라트리는 것은 왕정을 노리는 것과는 차원이 달랐다.

"크흠…… 그럼 나머지 조사나 하도록 하는 게……."

"조사를 조사단이 할 필요가 있소? 이미 편견을 두고 있는데 말이오."

"그럼 허무하게 죽어간 수련생들은?"

보다 못한 완헌이 나섰다.

"허허. 수련생들이 죽은 것은 안타까우나 그 조사는 흑무에게 다시 맡기도록 하지요. 그들이 잘해 줄 겁니다. 공사가 다망하지 않소."

"……."

지금껏 중립을 지키고 있던 완헌까지 나서게 되면 당기선으로도 어쩔 수가 없었다.

자신의 편을 들어주기로 미리 약조한 화옹 진인도, 완헌과 척을 지고 시작하는 것은 싫어할 것이다.

'이번에도 물러나야 하는가…….'

눈엣가시 같은 왕정을 이번에도 처리하지 못했다. 한번, 두 번도 아니고 무려 세 번이나 실패를 했다.

속이 불 끓듯 끓고 있지만 지금 당장에는 물러날 수밖에 없었다.

"……알겠소이다. 조사는 흑무에게 맡기도록 하죠."

"허허. 그럼 우리는 이만 무림맹으로 돌아가 봐야겠지요?"

"그럽시다."

흑무 정우에게 일을 맡긴다 하지만, 이번 사건을 더 파고들지 못할 것이라는 것은 여기 있는 모두가 알았다.

물증은 없으나, 심증상 이번 일은 당가가 벌인 일인 터.

아무리 정우라고 하더라도 당가를 상대로 제대로 조사를 할 수는 없었다. 같은 무림맹에 속한 자를 조사치 않는 것.

우습지만 그게 무림맹의 관례다.

애꿎은 희생자들만 만든 채로 학관의 연이은 살인 사건은 끝이 나는가 싶었다.

'언젠가…… 기회를 다잡으마.'

이를 갈고 있는 당기선만 제외하고.

       *   *   *

"좀 치사하긴 했죠?"

괜히 물어보는 왕정이다.

—살려면 어쩔 수 없었다.

왕정이 무인답지 않음을 힐난하곤 하는 독존황이었다. 하지만 이번만큼은 어쩔 수 없음을 그도 이해했다.

"살기 위해서 함정을 판 거긴 한데…… 으음. 뭔가 꺼림 칙하긴 하네요. 전이라면 이러지 않았을 텐데……."

—전이라면 이긴 것에 환호만 하겠지. 네가 무림에 오래 있다 보니 물들어 가서 그런 걸게다.

"물들어가요?"

—그래. 직접적인 힘과 힘의 승부. 함정 없는 승부. 그런 승부에 물들어 가는 거겠지. 사냥꾼과는 다른 승부 말이다.

"에…… 그건 왠지 싫으네요."

—허허. 그게 너답다. 그리고 수고했다. 많이 고생했어. 이제는 미리 정한 대로 움직이는 것이 좋겠구나.

오랜만의 칭찬이다.

진심 어린 칭찬이기도 했고. 독존황의 칭찬을 듣고서야 자신이 이겼다는 것을 가슴으로 느끼는 왕정이다.

"예. 관언 어르신에게 인사부터 드리고요."

―그게 좋겠구나. 널 위해 많이 애써주었어.

　새벽이 다 되어 감에도, 관철성 관언이 머물고 있는 숙사
는 불이 꺼질 줄을 몰랐다.
　그 또한 대련의 공중인으로서 왕정의 승리를 외치고 당
기선 앞에서도 그의 편을 들었던 관언이다.
　마음에 가는 대로 행한 것이었으나 그도 무언가 걸리는
바가 있는 듯했다.
　"들어가도 되겠습니까?"
　"허허. 그래. 그리하게나."
　안으로 들어서고 보니 관철성 관언은 그를 반가운 기색
으로 맞이했다.
　"많이 피곤할 터인데 쉬지 않아도 되는가?"
　"잠이 오지 않더군요."
　"그래. 그럴 법도 하지. 큰일을 치렀네. 생각지도 못한
방식의 승부였고."
　왕정이 물어본다.
　"좀 치사하긴 했지요?"
　"솔직히 말해 줘야 하는가?"
　"괜찮습니다."
　"솔직히 무림인만의 방식이라고 보기에는 편법이긴 했

네. 하지만 생사를 나누는 비무에서 그 정도야 넘어갈 수 있는 일 아니겠는가?"

함정을 여럿 준비했었던 왕정의 대련 방식을 이해한다는 소리였다. 독존황에 이어 그에게도 인정을 받으니 마음이 좀 더 편해지는 왕정이었다.

관언의 말이 뒤 이어졌다.

"그래도 그대에게 꼬리표는 항상 붙을 걸세. 온갖 수를 다 사용한다고."

"하하. 뭐 좋게 말하면 실용적이라는 것 아니겠습니까?"

"실용적이라…… 그럴지도 모르지. 그래, 앞으로는 어찌할 텐가?"

중요한 물음이었다. 앞으로 왕정이 어떻게 하느냐에 따라 사람들의 반응이 달라질 수 있을 거다.

혹자들은 왕정이 저 멀리 은거를 할 거라고도 했다. 당가와 척을 지고 조용히 살아가기는 힘든 일이니까.

또 누군가는 지기 싫어서라도 학관의 사범 일을 계속 맡을 거라 했었다. 공개심문에서 당기선에게 끝까지 달려들던 그의 패기를 높게 친 것이다.

왕정의 선택은 그중에서 이도 저도 아닌 선택이었다.

"사범 일은 그만 두려고 합니다."

"그래. 그러한가……."

"예. 다시 본업에 들어가려고 합니다. 의원일이나 하는 것이 속에 편한 듯해서요."

왕정의 계획상 일단은 의원 일을 좀 더 하는 것이 나았다. 비록 반쪽짜리 돌팔이 의원 일이라고는 해도 그게 속이 편했다.

'평여는 나의 영역이니…… 나를 건드리기 좀 더 힘들어지기도 할 거고.'

지금까지 보여 준 당가의 성격상 이제 와서 자신에 대한 공격을 멈출 리가 없었다. 좀 더 치밀하게 자신을 노리고 들리라.

물론 당할 생각은 없다. 힘을 키우고 또 키워서 언제고 복수까지 할 생각이다.

'그래도 지금은 아니다.'

힘이 부족하다. 그러니 힘을 길러야 했다. 힘을 기르자면 자신의 영역만 한 곳도 없으니 돌아가려는 거다.

결심을 하듯 눈을 빛내는 왕정을 바라보는 관언이다.

"일보 후퇴를 하되, 눈이 죽지는 않았군. 다음에 보면 큰일을 낼지도 모르겠군."

"하하. 그럴려나요?"

"그래. 내가 지금까지 봐 온 이들은 전부 그러했으니까. 잘 가게나. 무운을 빌겠네."

"그동안의 배려에 감사드립니다."

왕정이 진심을 다해서 관언에게 인사를 올린다.

비록 많은 만남을 가진 것도, 긴 인연을 쌓아 올린 것도 아니었지만 그에게는 이런 예를 올릴 만한 가치가 있었다.

그가 지금껏 자신에게 보인 호감과 배려란 것은 아무나 보일 수 없는 것이었으니까.

관언이 고개를 끄덕이고, 왕정이 물러난다.

*　　*　　*

밤을 지새웠다. 쌀 짐도 없었지만, 앞으로에 대해서 계획하고 생각을 하다 보니 어느덧 아침이 밝은 것이다.

생사비무에 하룻밤을 지새워 피곤하기 그지없었지만, 왕정은 잘 생각이 없었다.

'어서 가야지……'

이제는 지긋지긋하다고까지 느끼고 있는 이곳 학관을 떠날 생각이었다. 짐을 싸고 보고를 올리고서는 바로!

얼마 안 되는 짐이지만 신경 써서 싸고 있으려니 그를 찾아오는 이가 있었다. 제갈혜미다.

"……가시는 건가요?"

"그리 되었습니다. 아무래도 이곳이 제가 있을 자리는

아닌 듯합니다."

왕정의 말에 그녀가 어두운 표정을 지어 보인다.

'야속한 사람······.'

제갈세가 내에서도 천재로 불리는 그녀다. 하지만 그 재능이 비범한 만큼 그녀에게 다가온 이들은 몇 없었다.

어렵사리 다가서도, 그녀가 다가선 만큼 거리를 벌릴 뿐이었다.

허나 왕정은 달랐다.

제갈세가에 많은 이들처럼 천재는 아니었지만, 때로 부족한 점도 있었지만 그에겐 다른 이들에게 없는 것이 있었다.

계산 없는 만남. 앞뒤 재지 않고 웃어주는 순수성이 있었다.

자신이 천재라는 것도, 자신이 제갈세가의 여식이라는 것도 그는 신경 쓰지 않았다. 제갈혜미 그 자체로 자신을 봐주었다.

그렇기에 정을 주었다. 그렇기에 마음을 썼다.

그런 이가 떠나간다고 말을 하니 그녀로서도 야속함을 느낄 수밖에는 없었다. 어쩌면 처음이자 마지막으로 정을 줄 사람이 떠나는 것이니까.

잠시 망설이던 그녀가 이내 결심을 한 듯 말했다.

"가끔은 찾아가 뵈어도 될까요?"

너무 쉬운 말이었지만 그녀에게는 이 한 마디마저도 어려운 듯했다.

왕정이 그녀를 가만 바라본다. 그러고는 이내 생긋 웃으면서 말을 한다.

"얼마든지요! 오시면 크게 대접하겠습니다. 하하."

"……예."

왕정은 알고 있을까? 그의 환한 웃음이 그녀의 가슴에 큰 파문을 남기고 있는 것을?

어쩌면 지금의 만남 후에는 많은 고행이 기다리고 있다는 것을?

앞으로에 대한 고행도, 고난도 모르는 채로 둘은 순수한 마음으로 서로의 정을 나눴다. 그렇게 한 명은 떠나가고, 다른 하나는 남았다.

第九章

해묵은 움직임

왕정을 주시하고 있는 자들은 한둘이 아니었다.

"드디어! 그가 나섰다고 합니다."

순식간에 명성을 올리고, 무림에 이름을 날리고 있는 그이니 만치 그를 주시하는 자들은 꽤 많았다.

화려한 대전의 주인이자, 무림을 양분하고 있는 사혈련의 련주 또한 주시자들 중에 하나였다.

왕정이 학관을 나섰다는 소식에 그 또한 흥분을 감추지 않았다. 감정 변화가 거의 없는 그치고는 꽤 격한 표정 변화다.

"그러한가? 미리 준비한 일들에는 차질이 없겠지?"

"물론입니다. 많은 준비를 해 두었으니…… 걸리거나 하는 일은 없을 겁니다."

"그래. 좋군. 최대한 안전하게 일을 진행하도록 하게나. 이곳 사혈련 안과 밖에서 모르도록."

"존명!"

련주의 명령을 받은 이가 움직이기 시작한다. 전서구가 날아간다. 왕정을 꾀어내기 위한 전서구가.

련의 사람이 움직이던 날 공교롭게도 평화롭기만 하던 평여현에 갑작스레 비명이 튀어나왔다.

"도, 독충 아녀!?"

"저 큼지막한 것이 어디서 나왔데!"

"어, 어서 잡아. 아냐. 무림맹 무사분들을 데려오자고."

그래도 현명했다. 그냥 잡으려고 들었으면 사달이 나도 단단히 났을지도 모른다.

"어디요?"

"저, 저깁니다!"

뒤늦게서야 무림맹 파견 무사들이 나서서 푸른빛을 띠는 큼지막한 벌레를 잡았다. 그들도 꽤 조심하는 게 눈에 보일 정도다.

"이게 어디서 나온 거래?"

"글쎄…… 독협 님의 산에서 나온 건가?"

"여태껏 이랬던 적이 없었지 않아?"

"몰러. 어쨌거나 한시름 놓기야 놨구만…… 다음에 또 이러면 큰일일 터인데……."

평여 현에 사건이 터졌다. 아주 작은 사건이었지만, 누구나 조심해야 하는 그런 사건이었다.

*　　　*　　　*

돌아왔다. 신밀에서 평여로 이동하는 것이기에 별다른 일 또한 없었다. 오랜만에 평화를 만끽하며 집에 온 것이다.

"제가 침을 놓아드리기는 했지만 조심해야 합니다."

"어이쿠. 물론입니다요."

치료를 해 주고도 되려 미안해하는 기색이 보이는 아칠이다.

"제가 아니라 독협께서 계셨더라면 좀 더 나을 터인데…… 죄송합니다."

"아니, 아닙니다요! 저 같은 무지렁이를 이렇게 치료해 주시면서 그런 소리를 하면 제가 몸 둘 바를 모릅니다요."

"그래도……."

그는 못내 아쉬워했다. 확실히 그는 의원으로 그 정신이 드높았다. 이런 의원이 많았더라면 중원은 좀 살 만했을지도 모르겠다.

[확실히 저분은 괜찮은 분이라니까요.]

—그렇구나. 어지간한 정파의 무지렁이들보다도 훨씬 나아!

[이제야 좀 돌아 온 기분이네요.]

환자와 그 환자를 진정으로 걱정하는 아칠을 바라보고 있는 왕정이었다.

"흠흠……."

"음? 다음 환자신가…… 엇. 독협 님!"

진심으로 반가워하는 기색이 역력했다.

"하하. 오랜만입니다."

"어떻게 되신 겁니까? 학관에서 일은 들었습니다. 비무를 하셨다고 들었습니다."

아직 결과까지는 이곳에 전해지지 않은 듯했다. 하기야, 왕정에게 패배를 한 당가에서 쉬쉬하고 있을 것이 분명했다.

자신들이 졌다는 것이 중원에 널리 알려져 봐야 좋을 것이 하나 없으니까.

하지만 따지고 보면 그들이 자승자박의 수를 쓴 것이 아니던가? 애당초 당가에서 일을 벌이지만 않았어도 그렇게 망신당할 일은 없었을 게다.

"어쩌다 보니 이겼습니다. 하하."

"다행입니다!"

순수하게 기뻐함을 보여주는 아칠이다.

그는 당가고 뭐고 계산을 하지 않는 듯했다. 그보다는 자신과 친분이 있는 왕정에게 일이 벌어지지 않았음을 기뻐했다.

'고아 출신이라 고생도 많이 했을 터인데……'

이런 순수함을 가지고 있는 것을 보면, 사람 자체가 올곧은 사람일 게다. 아칠에 대한 호감이 더욱 올라가는 왕정이었다.

"그동안 의방은 어땠습니까?"

"아이쿠. 의방은 의방대로 잘 돌아가기는 했지만…… 산에 한번 들어가 주셔야 할 거 같습니다."

"산이요?"

"예. 한 번이긴 하지만 독충 하나가 산 밖으로 출현해서 마을 사람들이 꽤 놀랐었습니다."

이게 무슨 말인가. 자신이 파악하기로 독충, 독사들이 산을 벗어나려면 자신이 설치한 마비독들을 뚫고 가야 했다.

어지간해서야 뚫리지 않을 거라 계산했는데 용케도 뚫고

나간 것이 있는 듯했다.

"그 독충은 어찌 됐습니까?"

"모습이 어지간히 큰지라 쉽게 눈에 띄어서 어찌 잡았습니다. 다행히 사람을 먼저 공격하지는 않았습니다."

"그나마 다행이네요."

"예. 그렇긴 하지만…… 아무래도 현령님께서도 걱정이 이만저만이 아니셨습니다."

평여 현령은 보통 인물이 아니다. 그가 걱정을 할 정도라면 확실히 책임을 지고 수습을 하는 게 맞았다.

오랜만에 사람들을 만나는 것도 좋지만 당장에 해결해야 할 일이었다.

"으음…… 죄송하지만 현령님께 사람을 대신 보내 주시겠습니까? 저는 먼저 산부터 들어가야 할 것 같군요."

"여부가 있겠습니까! 바로 움직이도록 하겠습니다."

산에 가야 했다.

*　　　*　　　*

찌르르. 찌르.

겉으로만 보면 보통의 산이다. 하지만 누가 알랴. 이곳은 온갖 독을 가진 생물들의 신천지다. 왕정이 그리 설계하고 만든 곳이다.

"대체 어떻게 독충이 이곳을 빠져나갔을까요? 마비독도
제대로 점검하고 떠났는데 말이죠."

그가 생각한 대로라면 이곳에서 생물들이 빠져나가서는
안 됐다. 심력을 들여 애써 마비독을 뿌린 이유가 그것이었
다.

다른 어떤 생물도 나와서는 안 됐다. 그런데 나왔다. 예
상 밖의 일이 벌어진 것이다.

지금이야 한 마리였지만, 언젠가 몇십, 몇백 마리가 나올
지 모를 일이다. 그때는 정말 일이 커진다.

"어쩌죠?"

―허허…… 언제나 예상외의 일이 벌어지는 게 세상 아
니더냐. 사람이 한 일이 완벽할 수는 없음이지.

"그래도 최선을 다하긴 했는데…… 흐음. 제대로 알아는
보아야겠네요."

―움직여 보려무나.

일단은 탐색이 필요했다.

왕정은 산을 뒤지기 시작했다. 그리 넓은 산은 아니었지
만, 세심하게 조사를 하려니 자연스레 시간이 걸렸다.

"며칠은 더 걸리겠군요."

대체 어디서 그리 강한 독충이 나온 것일까. 어떻게 해서

마비독을 버렸을까? 여러 가지 의문이 들었다.

한참을 뒤지고 다니자, 전에 안 보이던 것이 보이기 시작했다.

"호오……."

벌레로 보이는 뭔가가 땅을 헤집고 다니고 있었다. 왕정으로서는 잘 기억이 나지 않는 곤충인데 독존황은 아는 듯했다.

―지어사라 불리는 녀석이구나.

"지어사가 이 벌레의 이름인가요?"

―그래. 땅에 숨어 있다가 먹잇감이 지나가면 독으로 마비시키는 놈이다.

"이놈이었을까요?"

―가능성이 없지는 않겠지.

"좀 더 알아보고 들어올 걸 그랬나 봐요. 무슨 벌레인지 알아보거나요."

―아니다. 차라리 이렇게 모두를 조사하는 게 낫다. 일단 이 지어사란 놈들도 가능성을 두고 조사를 해 보자꾸나.

짧게 탐색을 하고 보니 이곳에 있는 생물들을 전부 다 조사해야 하는 판이었다.

키익!

몸을 부르르 떠는 쥐가 보인다. 독에 당한 것이 분명했다. 그런데 주변을 아무리 살펴봐도 놈을 중독시킬 만한 게 없었다.

"풀에 당한 거 같군요?"

─흐음…… 어지간한 독초에는 다 적응했을 터인 데…….

"그게 이상하긴 하네요. 이걸 먹는다고 문제가 될 리가 없을 텐데요."

뭔가 감이 잡힐 듯 잡히지 않고 있었다.

그렇게 며칠이고 왕정은 조사를 위해서 산에서 생활을 하기 시작했다. 낮의 산과 밤의 산은 또 다르기에 밤낮으로 붙어 있을 수밖에 없었다.

그렇게 오 일 정도를 더 조사했을까? 결국에 왕정은 한 가지 결론을 내릴 수 있었다.

발전이다. 적응을 뛰어 넘는 발전!

"발전이군요. 하…… 적응을 넘어서 발전이라니…….'

─예상을 뛰어넘는 일이구나.

애당초 이곳은 왕정이 설계하고 만든 곳이다. 그렇지만 하나부터 열까지 모든 것을 설계한 것은 아니었다.

이게 무슨 말인고 하니, 이곳에 들어오는 독을 가진 생물 들조차 하나, 하나 선별한 것은 아니라는 소리다.

독을 가진 생물이라면 죄다 구입해서 풀어 놓은 것이 바로 이곳 산에 사는 생물들이었다. 수도 많았지만 종류도 많았다.

"많은 녀석들이 있다 보니 먹이사슬이 완전히 변화하게 된 거 같군요."

―어느 정도 질서가 잡혀 있다 보았는데, 그게 아닌 듯하구나.

보통의 산은 보이지 않는 질서가 있다.

산이라고 해서 맹수만 있는 것이 아니고, 맹수가 있으면 그 먹잇감인 동물들도 있다. 적정 수를 유지하면서 말이다.

여기서 중요한 건 적정 수였다. 어느 산이나 맹수, 동물, 독충, 독사와 같은 것들이 있지만 다 적정 수가 있다.

자연이 오랜 시간을 들여 만든 질서다.

그런데 이곳은? 그렇지가 않았다. 왕정이 무식하리만치 많은 생물들을 채워 넣은 탓이다.

"수가 많고 종류도 많으니 문제가 발생한 거 같네요. 어떻게 하죠?"

―흐음…….

원인은 찾은 거 같다.

종류와 수가 많으니 예상치 못한 방향으로 발전을 해 나간다. 이 독지에 적응하는 정도가 아니라 아예 발전을 하고 있었다.

왕정의 마비 독을 뚫고 나가는 종이 있을 정도로!

원인은 찾았는데 해결책이 보이지 않았다. 평여를 자신의 영역으로 생각하고 있는 왕정으로서는 어서 일을 해결해야 했다.

"마비 독을 강화한다고 해도 이 일이 또 벌어질 수 있겠죠?"

—저번에도 그러했는데 그런 일이 또 일어나지 않을 거라고 할 수 있겠느냐……. 네가 초절정에라도 이르면 모르겠다만 그건 무리잖느냐?

독존황의 말에 왕정은 고개를 끄덕일 수밖에 없었다.

빠르게 경지를 올린 왕정이지만 절정에서 초절정이 되는 벽은 생각 이상으로 두터웠다. 아직 그 길만 희미하게 보일 정도였다.

실상 절정에 이른 것조차도 연독기공이 절세의 무공이자 마공이어서 가능한 속도였지 않은가.

'여기서 더 욕심 부리는 건 말도 안 되겠지…….'

어쨌건 경지를 단번에 올리는 것은 힘드니 이 방법은 실효성이 없었다. 독을 더 흩뿌린다고 될 일이 아니다.

"에…… 그럼 여러 독을 퍼트려 보는 건요? 이건 좀 이야기가 다르지 않을까요?"

—마비독 하나에는 적응할 수 있어도, 독 여럿에는 적응하기 힘든 이치라 이거로군?

"예. 그런 거죠. 일단 당장에 실행할 수 있는 방안이니 이것부터 해야겠군요."

앞으로는 산에 다른 이들이 출입하는 것을 확실히 막아야 할 터다. 마비독만이 아니라 다른 독들도 설치가 될 예정이니까.

"움직여야겠군요."

임시처방이지만 일단은 처방을 했다.

사고가 벌어지고 나서야 수습하는 건 안 된다. 사건이 벌어지기 전에 확실하게 방안을 마련해야 했다.

*　　　*　　　*

그가 떠난 학관도 정상으로 돌아 왔다.

아니, 완전한 정상이라고는 할 수 없었다. 다들 가슴 한편에는 의문을 품고 있었으니까.

'대체 수련생들은 왜 죽어야만 했는가?'

'왕정 사범이 일을 벌였다고 하기에는 너무 공교롭지 않은가? 그렇다면……'

의문이란 건 한번 일어나면 퍼지는 건 순식간이었다.

당가의 무서움 때문에 감히 말은 하지 못하는 수련생들이지만 그들이 내리는 결론은 한 가지 방향으로 흘러가고 있었다.

'당가다.'

'당가가 왕정 사범을 죽이기 위해 수를 쓴 거다.'

왕정이 공개 심문에서 당기선에게 끌려 다녔더라면 이런 의문이 들지는 않았을 거다. 왕정이 순순히 처벌을 받았다면 웬 미치광이가 사범이 되었더라고 생각했을 거다.

그게 무림이 돌아가는 이치다.

하지만 왕정은 그리하지 않았다. 당기선에게 따지고 들어갔고, 당가와 왕정 자신의 대결 구도를 만들어 냈다.

개인임에도 불구하고 그는 그런 일을 해냈다.

생사를 건 비무를 벌였고 그 비무에서 용케도 살아남았다. 혹자들은 치사한 수를 썼다 말하지만 대다수의 수련생들은 그리 생각지 않았다.

'살려면 어쩔 수 없었을 거다.'

'개인이 당가로부터 살아남으려면…… 달리 수가 없었겠지.'

왕정이 어쩔 수 없었음을 이해한다. 개인이 당가를 상대로 그 정도로 선방한 것만으로도 대단한 일이었다.

자연스레 수련생들에게 작은 파문들이 남았다.

구파일방과 오대세가 출신의 수련생들은 아니지만 중소 문파 출신의 수련생들은 더욱 그러했다.

'그처럼 되고 싶다……'

누군가는 그를 동경했다. 개인이 집단을 상대로 덤벼드는 것은 무림사에도 몇 안 되는 일이다. 그걸 봤으니 동경을 할 수밖에.

'지금의 무림은 썩었다…….'

무림맹에 들어가자던 생각. 관철성 관언을 바라보면서 자신도 수뇌가 될 수 있다는 생각을 버렸다.

지금의 무림은 변질돼 버렸다. 본의 아니게 오래된 평화에 내부에서부터 썩고 있는 느낌이다.

자신의 스승, 아버지로부터 들었던 무림은 이러지 않았다.

마교가 암약하여 평화롭지는 않더라도, 정파로서의 정신은 살아 있었다 들었다. 지금에 와서 변했다 말하는 것이 무엇인지를 알았다.

'이대로는 안 된다.'

'좀 더. 좀 더 강하게…… 그리하면…….'

수련생들부터 조금씩 변화가 시작되어 가고 있었다.

"휴우……."

그리고 그러한 변화를 바라보고 있던 여인은 한숨을 내

쉬었다. 제갈혜미는 수련생이 무슨 생각을 하는지를 알았다.

그녀가 생각하는 것이 수련생들이 생각하는 것과 다르지 않으니 그 마음을 알 수밖에 없다.

정파는 썩었다. 찬란하기만 한 미래를 그려주는 그런 곳이 아니었다. 파벌이 생겼고, 변질됐다.

왕정과 당가의 사건을 보고 똑똑한 그녀가 그걸 깨닫지 못할 리가 없다.

"허허. 그리 마음이 쓰이더냐?"

"아 관언 님."

관언은 잠시지만 학관에 남는다 결정했다. 왕정이 떠나고 그가 남은 거다.

그는 일의 수습을 핑계 삼았다지만, 무림맹에 실망을 느껴 학관에 머물고 있는 것을 모르는 자들은 없었다.

"확실히 이번 일은 너무 노골적이었지. 다들 알고는 있었지만 쉬쉬하던 일이 표면으로 드러나게 된 거지."

"……그렇지요."

"바보가 아닌 이상 정파가 변하고 있는 걸 누가 모를까. 하하. 그 종점이라고 할 수 있는 모습을 본 수련생들은 과연 어떤 선택을 하게 될는지……."

학관 출신인 그가 걱정스러운 눈빛으로 주변을 바라본

다.

학관의 수련생이라면 누구나 동경해 마지않던 그가 학관을 걱정할 정도라니. 시큰할 정도로 씁쓸한 현실이다.

"그래. 이제는 슬슬 선택을 해야 하지 않겠더냐?"

그와 그녀는 미리 무언가를 이야기 한 듯했다.

"본가에 다녀와 볼까 합니다. 아버지라면…… 제 이야기를 들어 주실 테니까요."

"하하. 그래. 아직 제갈세가만큼은…… 아니, 아니다. 다녀오도록 하거라. 뒷수습은 내가 해 줄 터이니."

그녀가 농을 걸어 본다.

"후후. 예. 어차피 진법을 공부하는 학생은 적어 수습하실 일도 적을 거예요."

"네 수업이 가장 인기가 많음은 나도 알고 있을 정도다. 네 미모를 한번이라도 더 보려 남학생들이 오지 않느냐."

"그, 그건……."

"됐다. 이미 네 마음은 다른 곳에 있는 듯한데…… 수련생들만 불쌍할 뿐이지."

"……"

"가 보거라. 네 선택에 후회가 없게 하기 위해서."

얼마 뒤, 제갈혜미 또한 학관을 떠났다. 많은 생각과 후회를 남겨 두고서.

           *   *   *

왕정은 우선 사과를 올려야 했다. 그게 그의 영역을 허락해 준 현령에 대한 예의다.

"……죄송합니다. 제가 어떻게든 방안을 마련해 보겠습니다."

"괜찮네. 이미 벌어진 일을 가지고 더 뭐라 해 봤자 남는 게 무엇 있겠는가. 다만 재발은 막아주게나."

윽박이라도 지를 줄 알았건만 의외로 현령의 목소리는 평온했다. 왕정을 믿는다는 태도가 명확했다.

왕정 또한 그 진심을 느꼈다.

"예. 마을 사람들을 위해서라도 그리할 겁니다."

"허허. 그거면 되네. 자네는 무인이면서 그런 생각을 가지고 있어 아주 마음에 들어. 그럼 가 보게나."

"예."

짧은 대화였지만, 분명 수습은 해야만 했다. 마을 사람들은 물론이고, 자신을 믿어준 현령을 위해서라도.

'어떻게 한다…….'

임시 처방은 했다지만, 어디까지나 임시처방이다. 자신이 설치한 독에 언제 적응을 하고 독충, 독사들이 산을 벗어날지 모른다.

"흐음…… 정말 방안이 없을까요?"

—경지를 못 올리면…… 아주 강한 독이라도 구해야 할 터인데. 그 또한 힘들지 않으냐?

"그렇긴 하죠…… 쳇. 매일 일만 벌어지네요."

—허허. 삶을 재미있게 사는 거라 생각하거라.

독존황의 말은 언제나 정론이다. 언제부터인가 그의 조언자 역할로 완전히 굳어가는 듯했다.

"그거야 너무 속 편한 소리구요."

—허허. 그렇냐?

"이상하게 요즘 들어 할아버지도 많이 풀어진 느낌이라 구요. 흐음…… 모르겠네요."

머리만 복잡했다.

현청을 나서서 사람들의 인사를 받으며 한참을 걷다 보니 어느덧 산의 초입이다. 이 산만 들어서면 자신의 집이란 소리다.

'아아…… 정말 어떻게 해야 하는 거야?'

얼마 전에 이곳에 돌아오기 전까지만 해도 반갑기만 하던 산이, 이제는 애물단지로 보였다.

"에휴……."

그가 한숨을 내쉬고 있으려니 뒤늦게서야 그를 본 무림

맹 파견 무사가 다가온다. 무사 이환이다.

당가와 일이 있었음에도 무림맹의 무사들이 이곳을 지키는 건 여전히 유효했다. 감시 역이라도 되는 듯했다.

"독협 님! 금방 돌아오셨군요?"

하지만 적어도 이환만큼은 그를 진심으로 따르는 듯 보였다. 가장 먼저 이곳에 파견되었던 무사이니 정이 붙은 것이리라.

"예. 현령님과 이야기를 좀 드리고 왔습니다."

"하하. 현령님이라니…… 저희 같은 하급무사들로선 보기 힘들 사람이군요."

"에? 아직도 하급 무사셨어요?"

전이야 하급 무사였다고 치더라도, 지금에 와서도 하급 무사라니? 이곳에 파견 나와 있으면서도 열심히 수련한 이환이다.

그의 실력이 왕정에 맞먹을 정도는 아니지만, 그래도 전에 비해서 발전을 꽤 했다. 이제는 일류에 올라섰으리라.

고행을 한 덕이다.

이 정도 경지면 적어도 중급 무사 정도는 되어야 하는 게 아니던가? 뭔가 이상했다.

왕정의 놀란 태도에 이환이 씁쓸하게 웃으면서 말했다.

"……하하. 그렇게 됐습니다. 사정이 있는 거지요. 사정이⋯⋯."

"그 사정이 뭔가요? 분명 실력이 되시는데요."

천하의 정파라 해도 실력이 우선이다. 그건 무림인으로서 당연한 일이었다. 실력이 되는 자가 승급하지 못할 이유가 어디 있는가?

"하하⋯⋯ 실력보다 필요한 게 있더군요."

"아⋯⋯."

실력보다 필요한 것? 돈인가? 연줄? 배분? 어느 쪽이든 마음에 들지 않았다.

평소 웃음이 많은 이환이기에 지금의 분위기를 환기시켜 보려 하는 건지 농을 걸어왔다.

"독협 님만 괜찮으시다면 독협 님의 개인 무사로 들어가고 싶을 정도입니다. 하하. 그리 깊게 생각하지 마시지요. 농담입니다. 농담."

"⋯⋯."

"아무리 그래도 저는 무림맹 무사라는 것에 자부심을 가지고 있습니다. 그러니 너무 마음 쓰지 마시지요."

물론 농이라 하더라도 쓸쓸함을 가진 농이었다. 왕정에게조차 쓸쓸함이 전해질 정도였다.

'괜히 내가 속이 다 쓰려지는군⋯⋯.'

그는 농담이라 했지만, 정말로 그를 받아들여야 하나 생각이 들 무렵. 그가 마침 생각난 것이 있다는 듯 말했다.

"……괜찮습니다. 그나저나 손님이 왔습니다."

"손님요?"

"예. 수행원들은 적지만, 호위무사의 기세가 대단한 것으로 보아 대단한 거부인 거 같더군요."

"오랜만에 환자로군요."

해독이 필요한 환자이리라. 왕정은 그리 생각하면서 안으로 들어섰다. 평상시와 같이 치료를 해 주면 된다 생각하면서.

第十章

제안이 들어오다

거부라기보다는 무사였다. 호위무사들의 엄한 기세에 가려 있지만, 호위를 받는 자조차도 무사였다.

어떻게든 무사임을 가리려고 하는 거 같았지만 티가 났다. 기도나, 행동이 양민과는 달랐다.

'뭐 상관은 없겠지. 나야 치료만 하면 되니까.'

설사 사파의 무인이라고 하더라도 치료한 전적이 있던 왕정이다.

상대가 자신의 신분을 가린 것이야 알고도 넘어가면 될 일이다. 이미 전적이 있었기에 왕정은 그리 생각했다.

"어디가 아프셔서 왔습니까?"

"사람 하나를 치료해 주셨으면 해서 왔습니다. 해독이 필요합니다."

뻔한 일이다. 문제는 뻔한 일에 있어야 할 사람이 안 보였다. 이들 일행 중에는 환자가 없었다.

그가 중독된 자를 눈치채지 못할 리가 없다. 조금씩이지만 독의 기운을 느끼고 있는 왕정이니까.

"여기에 환자는 없는 듯싶습니다만은……."

"예. 없습니다. 실은 왕진을 요청할까 해서 왔습니다."

왕진이라.

여태껏 왕진을 다녀본 적은 없던 왕정이다. 아니, 다닐 필요가 없었다. 가만있어도 찾아오는 환자들이 있었으니까.

지금이야 그가 학관에 있다는 소문에 환자들이 찾아오지 않지만, 시일이 지나면 금세 의방도 환자들로 넘쳐날 거다.

'골병이 있거나, 독에 당하는 자들은 의외로 많으니까…….'

당연한 이치다.

앞으로 올 환자들을 두고 왕진을 할 필요가 있을까?

사파의 사람이든 신분을 숨기든 따지지 않고 치료는 해주지만, 그럴 필요까지는 느끼지 못하는 그였다.

게다가 근래에 들어서 당가와 큰일을 치르고 온 터라 조용히 지내고 싶은 마음도 있었다.

'산의 문제도 해결해야 하고 말이지…….'

일단 왕정은 거절하기로 했다.

"죄송하지만 왕진은 힘들 거 같습니다."

"대가는 섭섭지 않게 드릴 겁니다."

호위무사들은 강제로라도 데리고 가려는 듯한 태도다. 치료해야 하는 환자에 대한 충성이든 애정이든 뭔가 있어 그런 걸게다.

'치료받을 환자가 인덕은 있나 보네…….'

왕정은 그리 생각하면서 어색하게 웃으며 대답했다.

"하하. 저도 환자가 있다면 찾아가겠습니다만은…… 다른 환자들도 찾아올 터라 움직이기 힘듭니다."

"어찌 안 되겠습니까?"

"저도 해드리고는 싶습니다만…… 게다가 제가 떠나지 못할 이유는 하나 더 있습니다."

"하나 더 말입니까?"

그가 조사한 바에 따르면 왕정이 굳이 이곳을 떠나지 못할 이유는 없었다. 그런데도 이유가 있다 말하니 들어는 봐야 했다.

급한 쪽은 왕정이 아닌 그였으니까.

"예. 저의 소홀한 관리로 평여현에 독충이 출현했었습니다. 이 산에 키우던 독충이었지요."

"그런 일이 있었습니까?"

왕정에게 말을 하면서도 호위무사에게 눈짓을 한다. 왕정의 말이 맞냐는 뜻이었다.

호위무사가 고개를 끄덕이는 것을 보니 실제로 일이 벌어지긴 한 모양이었다.

'공교롭군…….'

그런 일이 벌어졌다면 왕정이 움직이지 못할 이유는 뻔했다.

"학관에 있는 동안 관리가 안 돼서 그러한 것 같으니…… 당분간은 관리를 해야 합니다. 잘못하면 일이 커지는 지라 제가 움직이는 것은 힘들 것 같습니다."

"흠……."

이렇게까지 이야기를 하면 그로서도 우기기 힘들었다.

조사를 해 보니 왕정은 강제로 한다고 말을 들을 위인이 아니다. 설득을 해야만 하는 인물이었다.

억지로 우길 수도 없고, 상대를 설득하기도 쉽지 않다면 일단은 물러나는 게 좋았다. 그전에 확인도 함께 하고.

"그럼 독충에 관한 일들만 해결을 하면 움직이실 수 있는 겁니까?"

"아마도 그러지 않을까요?"

"만약 독충을 없앤다면 필요하신 게 뭡니까?"

그때 가만히 상황을 지켜보던 독존황이 나섰다. 그는 지금의 상황을 기회라고 여기는 듯했다.

―독이 필요하다고 말해라. 강한 독이 있으면 독지를 강화해서 막는 것도 가능하지 않느냐.

[에? 뭐 일단은 그리 하죠.]

왕정은 독존황이 말한 그대로 읊었다.

"독이 있어야 합니다. 아주 강한 독이요."

"독 말씀이십니까?"

상대가 뭔가 미심쩍다는 듯 말한다. 독으로 독충을 어떻게 막을지 감이 안 잡힌다는 표정이다.

"예. 독이 있어야 합니다. 그 뒤는 제 비법이니 말씀드리기가 어렵군요."

"그렇게까지 말씀하신다면…… 일단 저도 독을 구해보도록 하겠습니다. 혹여 독을 구하면 그 뒤는……."

"왕진을 해야겠지요. 받은 게 있으면 갚아야지요."

시원스러운 대답에 그가 웃는다. 당장에 왕정을 설득하지는 못했어도 어떻게든 독을 구할 수 있다 여기는 듯한 태도다.

"하하. 말이 통하시는군요. 조속히 구해오도록 하지요. 그럼 오늘은 이만."

"살펴 가시지요!"

그게 왕정과 그들의 첫 만남이었다.

*   *   *

왕정 정도 되는 인물이 누군가를 만나면 영향이 생길 수
밖에 없다. 작고 짧은 만남이었지만 적어도 이들의 눈을 피
하기는 어려웠다.

[새로운 인물과의 접촉이다. 어디의 사람들이지?]

[아직 파악이 안 됐다. 무림맹 무사들은 일반적인 환자로
파악한 듯하다.]

[그럴 리가…… 누가 봐도 무공을 익힌 자들이다. 본격적
으로 조사를 해 보도록 하자.]

[그래.]

그를 주시하던 당가의 인물들이 움직이기 시작했다.

왕정의 약점을 잡기 위해서 그의 행적을 염탐하던 중에
새로운 인물이 등장한 것이다. 움직이지 않을 이유가 없었
다.

[그럼 먼저 가지.]

자신들의 움직임이 결코 들키지 않을 거라 자신을 하는
건지, 왕정에게 들렀던 이들이 미처 사라지기도 전에 움직
이기 시작한다.

그게 그들의 실수였다.

"쥐새끼들이 있는 듯하군. 처리하게나."

"명!"

자신의 정체를 당장 밝힐 생각이 없는 이들이기에, 분명 암중에서부터 움직일 터다. 하지만 암중의 충돌이라고 하더라도 충돌은 충돌인 터.

언제고 이들의 충돌이 문제를 일으킬 것은 분명해 보였다.

*　　　*　　　*

충돌이 일어난지도 파악하지 못한 왕정이었다. 그는 혼자기에 암중에서 일어난 일들에는 약할 수밖에 없었다.

홀로 모든 것을 신경 쓸 수는 없는 법이니 당연했다.

되려 그의 걱정은 자신의 행적에 대한 영향보다는, 그들이 자신이 내건 조건을 잘 해결할 수 있는지에 관한 것이었다.

"잘 구해 올까요?"

─구해 올 거다. 저들이 보이는 기색으론…… 확실히.

"음…… 뭐, 할아버지가 그리 확신을 한다면야 맞는 말이겠죠."

독을 구해다 준다면 왕정이야 좋았다. 독지를 강화해서 독을 가진 생물들이 나오지만 않아도 한시름은 놓을 테니까.

"그래도 연구는 계속해 봐야겠죠? 다른 사람 손에 맡겨 놓고 있는 것도 웃기니까요."

―아무렴. 학관에서 하던 수련을 계속 이어 나가면 된다.

"예."

다시 일상이었다. 학관에서와는 또 다른 평온함이 가득한 일상.

왕정이 학관을 떠나고도 신밀에 남은 이들은 꽤 되었다.

그중에는 정우도 포함됐다. 이화야 다른 임무를 맡아 움직이게 되었지만 철아영은 정우와 함께였다.

그들이 맡은 임무에는 정보에 대한 임무도 포함이 되니 그를 특기로 하는 철아영을 남긴 거다.

눈 가리고 아웅 하는 식의 조사치고는 꽤나 좋은 인적 배치였다.

"헤에…… 뭐가 그리 심각해? 조사가 잘 안 돼서?"

"아니."

철아영이 걱정할 정도로 정우는 꽤나 심각한 표정이었다.

"그런데 왜?"

"아영. 너는 왜 이곳에 들어온 거지?"

"갑자기 무슨 말이야?"

뜬금없는 말이다. 왜 이곳에 들어왔냐니? 무림맹에 온 것에 대해서 말하는 것인가.

"네 가문. 금운철가는……."

"그만. 그곳의 이야기는 하고 싶지 않아."

그녀가 정우의 말을 자른다. 금운철가는 그녀의 본가이면서 동시에 그녀만의 상처가 담긴 곳이다.

아무리 정우라 하더라도 그곳을 언급하는 것은 좋지 못했다.

"내가 실수를 했군. 미안하다."

"괜찮아."

"그럼…… 다른 방식으로 물어도 되나?"

"그래. 얼마든지."

"무림맹에 적을 둘 필요가 뭐가 있을까? 나는 남궁가의 서자로서 무림에 일조를 한다는 생각에 투신했었다. 그러고는 이 상태지……."

정우의 말대로 그는 남궁가의 서자다. 그나마 아버지가 그를 어여삐 여겨 고혼일검을 전수받을 수 있었다.

하지만 딱 거기까지였다.

그의 어머니는 여전히 가난했고, 그가 무림맹에서 일해

보낸 월봉으로 근근이 살고 있다. 그게 현실이다.

그런 현실이 있음에도 그가 꾸준히 무를 닦고, 무림맹의 궂은일을 처리해 왔던 이유는, 그가 지금 행하는 일이 무림의 정의를 행하는 것이라 여겼기 때문이다.

무림 공적이라 하는 자들을 잡고, 양민을 학살한 이들을 잡는다. 정파 무인 중에서도 뒤로 악을 행하는 일을 잡아 왔다.

'그동안은 분명 정의만을 행했다 생각했다…….'

하지만 이번의 일은 어떠한가.

철아영도, 자신도 언급은 하지 않고 있지만 지금 이뤄지는 조사는 시늉이라는 것을 안다.

제대로 조사를 하자면 가장 유력한 용의자라 할 수 있는 당가부터 조사를 해야 함이 옳지 않은가.

그런데 자신들은 당가를 조사하고 있는가? 아니다. 조사는커녕 심증적으로 당가가 의심스럽다는 언급도 하지 못한다.

이게 현실이다. 그리고 또한.

"만약…… 만약이지만 말이다. 그때 왕정이 심문을 당하다가 진범으로 몰렸다면 우린 어떻게 해야 했지?"

"……."

철아영이 대답하지 못한다.

"그 녀석이 무림 공적으로 몰린다면…… 우린 녀석을 죽여야 하는 걸까?"

"……."

역시 대답하지 못한다.

왕정이 죄가 없는 것을 앎에도 그를 죽여야만 하느냐는 물음에는 답을 할 수가 없었다.

마치 당가를 언급하지 못하는 것처럼, 왕정에 대한 일은 언급 자체가 금지된 거 같았다.

"우스워. 아주 우습다고."

"……현실이니까."

"하…… 현실이라. 모르겠군. 미안하지만 조사의 마무리는 아영이 지어주겠어?"

본디 정우는 일을 회피하는 자가 아니다. 하지만 지금은…… 그에게 이 일을 강요할 수가 없었다.

아영이 고개를 끄덕였다.

"응…… 할게."

"그래. 부탁하지."

조금씩 균열이 일어나고 있었다.

*   *   *

"생각보다는 걸리나 보네요."

─독을 구하는 게 어디 쉬울까! 기다리면 되는 일이다. 너는 너대로 방법을 찾으면 된다.

"그것도 그렇긴 하네요."

그에게 처음 왕진을 제안했던 이들은 한 달이란 시간이 더 지났음에도 찾아오지 않고 있었다.

그가 원하는 강한 독이라는 것을 찾다 보니 그러는 듯했다.

'하기는 할아버지 말대로 독 구하는 게 쉬웠으면 내가 먼저 구했겠지……'

아마 그들이 오기까지는 상당히 오랜 시간이 걸리리라. 차라리 왕진을 필요로 하는 환자가 오는 게 더 빠를지도 모를 정도다.

하지만 사정이 있어 왕진을 요청한 것일 터. 어느 쪽이든 결국 독을 구해 올 때까지는 일의 진척은 없을 듯했다.

자신이야 수련을 하고, 산에 생물들이 빠져나가지 못하도록 감시만 꾸준히 하면 되는 거다.

"흐아…… 오늘도 산에…… 음?"

오늘의 진료 시간은 끝이 난 듯한데 또 사람이 올라온다.

언덕 위에 있는 의방으로 올라오다 보니 상체부터 조금씩 보이는데, 어딘가 낯이 익은 모습이었다.

"어? 여기 올 사람이 아닐 텐데……."

생각지도 못한 사람이 방문했다.

"오랜만이에요? 후후."

전보다는 표정이 밝아진 그녀다. 제갈혜미가 자신의 의방에 찾아 왔다.

"오……랜만입니다."

"어렵게 찾아 왔는데 괜찮은 거지요?"

"아무렴요. 안 괜찮을 건 또 뭐가 있겠습니까. 안으로 들어오시지요."

오랜만의 손님에 그까지 신이 다 났다.

의방에 환자가 아니고, 왕정의 손님이 찾아오는 것은 자주 있는 일이 아니었다.

의방에서 일을 하는 평여 주민들에겐 이런 방문이 신선하게 느껴질 수밖에 없었다. 이화들이 찾아오기는 했지만 정체를 숨기고 오는 편이 많은지라 더욱 그러했다.

"어마…… 의원님도 능력이 있으시네?"

"하기야 장가 갈 때가 되시긴 했지. 어디서 온 아낙네인지 참한 거 같드만."

시골 아낙네들다운 평가다. 하지만 제갈혜미의 허리춤에 매여 있던 검까지는 보지 못한 듯했다.

가만히 보던 칠우 아버지가 나서서 말한다.

"어이쿠! 경을 칠 소리들을 하구 있구만. 보아하니 검을 들고 계시던데 무림인이야!"

"무림인?"

"그래. 검을 드는 아녀자면 무림인이지!"

"어마…… 조심해야겠구만!"

"그래. 그런 거지. 어서 상이나 내오도록 하게나. 의원님의 손님이 아닌가."

"알겠네. 알겠어. 내 참, 가끔 보면 의원님보다도 더 성화라니까."

잠깐의 실랑이가 지나가고 의방에서 일하는 이들은 각자가 손님 접대를 위해서 움직이기 시작했다.

"후후. 다들 정이 넘치네요?"

"뭐…… 그렇지요. 하하."

무림인이 되면 양민들보다는 귀가 밝은 터. 양민들이야 자신들끼리만 나눈 이야기였다고 생각하겠지만 의방 안에 있는 둘에게는 다 들렸다.

고운 아낙이라고 한 것에서부터, 무림인이니 조심해야 한다는 것까지. 양민이라면 무림인을 대할 때 늘상 하는 태도다.

다만 좀 다른 면이 있다면, 서로 간에 정이 느껴진다는 것이 다른 것일 게다.

'의방에서 일을 하는데도 정이 느껴진다는 건 역시…….'

제갈혜미가 왠지 모르게 쑥스러워 하는 왕정을 가만 바라본다. 저 왕정이란 사내가 있기에 의방에 정이 넘칠 수 있었을 거다.

'무림인이면서도 양민들과는 친하게 지낸다니.'

당가와 척을 지고 살면서도, 사람들에게 정을 주고 있다는 것을 보면 제갈혜미로서는 알다가도 모를 사람이 바로 왕정이었다.

시골의 정이 느껴질 만한 다과상이 들어오고.

"무슨 일로 찾아 오신거지요?"

"용무가 꼭 있어야 할까요?"

"예?"

혹시나 무림맹에서 보냈나 했다. 제갈혜미도 제갈가의 사람이니 무림맹의 말을 무시할 수는 없을 테니까.

그런데 눈치를 보아하니 그건 아닌 듯했다.

"그냥 온 거예요. 아버지에게 잠시의 자유를 허락받았거든요."

……반쯤은 강제였지만.

이라는 말은 빼는 그녀였다. 그녀가 억지를 부리지 않았다면 이런 휴가도 없었을 거다. 제갈가가 무가긴 해도 그녀는 여인이니까. 현 시대에서는 어쩔 수 없는 이치다.

"전보다 뭔가 달라 보였는데 그거 때문이었군요."

"달라 보여요? 제가요?"

"예. 소저가 무언가 짐을 내려놓은 듯 가벼워 보였거든요. 하하. 제 착각인가 했습니다."

왕정의 말에 그녀도 기분 좋게 웃어 보인다.

"잠시 머물러도 되나요?"

"얼마든지요."

손님이 찾아왔다. 생각보다 오래 있을 법한 손님. 좋은 손님이었다.

第十一章

여유로움

"하하. 아칠이라고 합니다. 잘 부탁드립니다."

"저야말로 잘 부탁드려요."

그녀를 받아들이는 것은, 아니 그녀가 이곳에 환영받는 것은 당연했다.

의방의 주인인 왕정이 허락했을뿐더러, 머물고 있는 다른 이들도 제갈혜미를 거절할 이유가 없었다.

"저는 감자 밭을 맡고 있는 칠우 아비라고 합니다요. 잘 부탁드립니다."

"그렇게 예를 올리시지 않아도 돼요. 잠시 머무르는 식객인데요."

"하하. 아무리 그래도 그럴 수가 있겠습니까요? 잘 부탁 드립니다."

"저야말로요."

양민들도 크게 거부감이 없었다. 당가의 당기선처럼 사람을 내리깔아 보는 눈빛이 아닌 편안한 눈을 가지고 있는 그녀기에 더욱 그럴 거다.

적당히 사람들을 소개하고 나서부터는 의방 자체에 대해 소개를 한 왕정이다.

의방의 하루 일과는 어떤 식으로 이뤄지는지, 진료는 어느 시간에 하는지 시시콜콜한 것부터 시작했다.

숨길 것도 없는지라 종래에는 그가 만든 독지에 대한 설명도 더해졌다. 혹여 그녀가 독지에 들어설 것을 염려해서라도 설명은 필수였다.

독지에 대한 설명에 그녀가 놀란 낯을 하고는 물었다.

"그럼 여기 산 전체가 독지나 마찬가지라는 건가요?"

"예. 독곡이 있는 운남성 정도의 수준은 아닙니다. 그저 독이 있는 생물들이 많은 곳 정도 수준이라 생각하시면 됩니다."

"으음……."

그녀가 눈을 빛낸다. 그녀와 많은 이야기를 나눠본 왕정이기에 그 눈빛의 의미를 알았다. 궁금함이 가득할 때 보이는 그 눈빛이었다.

확실히 무인이라기보다는 학자로서의 성격이 더 두드러지는 그녀다. 새로운 것을 발견하면 이런 반응부터 보이고 있는 것만 봐도 학자스럽지 않은가.

그녀의 질문 세례가 이어졌다.

"만들어진 지는 얼마나 됐죠?"

"이제…… 일 년이 좀 지났을걸요?"

"그럼 번식은 하나요? 아니면 생물을 계속 넣어줘야 하나요?"

"번식을 한 것도 있고, 안 한 것도 있습니다."

그렇게 한참을 두고 질문을 하던 그녀. 반 시진 정도를 내내 질문을 했으니 그 질문의 양이 오죽 많았으랴.

왕정도 다른 사람이라면 귀찮아했겠지만, 학관에서 그에게 많은 도움을 준 그녀기에 성심성의껏 답을 해 줬다.

"백해단으로는 초입도 힘들다고 했었죠?"

"보통 그랬습니다. 절정에 이르면 좀 더 버티기는 하는 거 같던데…… 그래도 한계가 있더군요."

그의 답에 그녀가 아쉽다는 듯 말한다. 안을 직접 보면 또 배울 것이 있을 듯한데, 한계가 있으니 그러는 터다.

"그럼 안을 볼 수는 없는 건가요?"

"으음…… 방법이 있기는 한데……."

있긴 하다. 실제로 이화에게 써먹었던 방법이기도 하다.

"방법이 있어요? 그럼 저도 좀 가능할까요?"

"에…… 뭐…… 이따 일하는 사람들이 다 나가고 하면 들어가 보지요."

일하는 사람들이 다 가고 나서라니? 무슨 제한이라도 있는 것인가? 그마저도 궁금한 그녀다.

"시간이 제한되어 있는 건가요?"

"아, 아뇨."

"그럼 왜 당장에는 안 되는 거지요?"

그녀의 물음에 왕정이 살짝 쑥스러운 듯 말한다.

"그게…… 들어가려면 손목을 잡아야 하거든요. 소저는 제갈가의 사람이잖아요. 그러니까…… 제가 손목을 잡는다는 게 다른 이들에게 보이면 좀 그러니까…… 에 또……."

그런 거였다니. 제갈혜미는 전혀 생각지도 못한 이유였다.

"푸훗……."

"왜 웃으시는 겁니까?"

그녀에게 그는 귀여웠다.

*　　*　　*

"와아…… 평범한 숲하고는 뭔가 다르네요."

왕정이 보여주는 숲은 화려할 수밖에 없었다.

본래부터 독을 가진 것들은 화려함을 뽐낸다. 보통의 것들과는 색이 달랐다.

버섯만 하더라도 색이 화려한 버섯은 먹지도 만지지도 말라는 말이 괜히 생긴 것은 아니잖는가. 같은 이치다.

그녀가 감탄에 젖는 것도 당연했다. 그 모습에 왕정은 왠지 쑥스러운 듯 볼을 긁적였다.

"조심하세요. 혹여 중독되면 안 되니까요."

"독협께서 있으신데 그럴 리가요."

"뭐…… 그렇기야 하지만요. 그래도 조심하는 게 좋은 거니까요."

"어? 저건 혈서 아니에요?"

아는 것이 많은 그녀다. 용케도 그녀는 독을 가진 생물들에 대한 지식도 가지고 있는 듯했다.

"맞습니다."

"그런데 다른 곳에 있는 혈서랑은 좀 다르네요. 이빨도 더 붉고…… 몸집도 다르고요."

"역시 예리하시네요. 아무래도 독지에 적응을 하다 보니 세대를 달리할 때마다 점차 변화하더라구요."

"하기는…… 쥐만큼 빠르게 번식하는 생물도 또 없지

요."

"예. 그래서 그런지 가장 극적으로 변화하는 녀석이 아닌가 싶습니다."

혈서 중에서는 단순히, 벌레를 잡아먹는 정도가 아니라 뱀도 잡아먹는 놈이 나타났을 정도다.

뱀의 먹이였던 그들이 이제는 뱀을 잡아먹는 포식자가 되고 있는 것이다. 그 광경을 보고서 왕정도 놀랐을 정도다.

"앗…… 저건 광하초잖아요?"

"와아…… 저건…… 이걸 여기서 볼 줄은 몰랐네요."

왕정이 손을 잡고 있음에도 전혀 신경이 쓰이지 않는 건지 그녀는 용케도 숲 안을 계속해서 탐색해 나갔다.

밖의 것들과 조금씩 다르거나, 독성이 강한 것에 강한 호기심을 느끼는 듯했다.

독지를 만든 왕정으로서는, 그녀의 그런 탐색이 여전히 쑥스러웠을 따름이다. 그렇게 첫 탐색이 끝나는 듯하자.

"독협 님."

"예?"

"독협만 괜찮으시다면 좀 오래 머물러도 될는지요?"

갑자기 이런 제안을 해 왔다. 며칠쯤 머물다가 떠날 거라고 생각했던 왕정으로서는 놀랄 제안이다.

하지만 호기심 많은 그녀에게 이런 제안은 당연한 걸지도 모르겠다.

"독지를 보니까 생각나는 것이 많아서요. 괜찮으시다면 조금 머무르면서 보고 싶습니다. 밥값은 할게요."

"예. 뭐…… 그러시다면야 굳이 밥값까지 하시면서 있으실 필요는 없습니다."

"후후. 감사해요."

그녀가 머무르게 됐다. 헌데 그녀가 말하는 밥값이라는 건 뭘까?

*   *   *

왕정은 괜찮다고 했었지만 그녀의 밥값이라는 건 확실했다.

"정리는 이렇게 하는 게 더 편하실 거예요."

"오…… 확실히 좀 낫군요. 하기야 여기는 정의당같이 만들어 놓지는 않아서 좀 불편하긴 했습니다."

"후후. 저도 그곳에서 보고 배운 거니까요."

"오. 정의당에도 가 보셨었습니까?"

"잠시지만 들렀었지요."

그녀는 자신의 능력을 확실하게 살렸다. 의방의 약재실을 정리하는 것에서부터 시작을 해서, 다른 분야에도 도움을 줬다.

"응용에 대해서 이야기를 해 보고는 많이 생각해 봤어요. 그래서 이런 응용도 생각해봤지요."

"진을 설치하는 것을 좀 더 쉽게 하는 것도 응용이라고 보신 겁니까?"

"예. 그렇지 않을까요? 그래서 조금 바꿔보았어요."

역시 천재는 천재였다.

언제부터인가 왕정에게 진을 가르쳐 주기 시작했는데, 그 방식이 전에 없던 새로운 방식이었다.

학관에 있을 때부터 응용이라는 주제에 재미를 붙이더니, 진의 설치법 자체도 개량을 한 듯했다.

'그녀니까 가능했겠지…….'

기초 진법도 배우기 힘들었던 그다. 왕정이 천재는 아니어도 머리가 나쁜 것은 아니니 다른 이들도 이는 마찬가지일 터.

분명 그녀니까 진의 설치법을 개조하는 것이 가능했을 것이다. 응용은커녕 익히기도 힘든 게 진이니까.

"그런데…… 그걸 가르쳐 주시겠다는 겁니까?"

"예."

당연하다는 태도다.

"으음…… 어떻게 보면 비전일 수도 있을 텐데요?"

"따지고 보면 그럴 수도 있지만…… 독협께서 응용에 대해서 가르쳐 주시지 않았더라면 영영 생각해 내지 못했을 수도 있으니까요."

"……으음."

감동이다. 또한 부담스럽다.

이건 어디까지나 그녀가 천재기에 가능한 응용이었다. 그럼에도 이렇게 자신에게 공을 돌리다니. 감동하지 않을 수가 없지 않은가.

"너무 걱정 마세요. 후후. 아직 본가에는 가르쳐 주지 않아서 아는 이도 없으니까요. 누가 뭐라 한다면 독협 님이야 저랑 함께 연구를 하다가 터득했다고 하면 되구요."

"솔직히 욕심은 납니다만……."

"그럼 된 거죠. 자아, 일단은 자주 사용한다고 말씀하셨던 기본 진들의 설치 방법부터 알려드릴게요."

자연스레 수업으로 이어진다. 덕분에 왕전은 좋은 진법 스승을 두게 되었다. 아주 짧은 시간임에도 많은 배움을 얻을 수 있을 정도로.

그녀에게 매일 진법만 배우고 있을 수는 없지 않은가. 해독이나 골병 환자를 제외하고는 치료도 아칠에게 맡겨 놓은 터.

남은 시간에는 당연히 수련이 이어졌다.

─슬슬 다음 단계로 가는 게 좋겠구나.

"다음 단계요?"

─그래. 네가 당한이라는 아이와 대련을 하던 당시 들었던 강기에 대해서 논해 보자꾸나.

"……강기는 초절정이나 돼야 가능한 거 아니었나요? 할아버지도 처음에는 그리 가르치셨잖아요?"

─초절정이 아니더라도 강기는 다룰 수 있긴 하다. 문제는 효율이 낮고, 다루는 게 힘들기 때문이 초절정부터 강기를 쓸 수 있다고 하는 거다.

"음…… 요컨대 할 수는 있다 이거네요? 굉장히 비효율적이지만요."

왠지 상식이 깨어지는 기분이다.

─그래. 완성도나 효율. 네가 좋아하는 응용에서는 힘이들겠지만, 가능은 하다. 네가 지금 하는 독구 수련도 그와 비슷한 맥락이다. 그리고 이미 독구 자체도 엄밀히 따지면 강기이긴 하다.

"흐음…… 그런 거였군요."

─게다가 연독기공 자체가 독단을 생성하고, 그걸 이용해서 독강기를 활용하는 강기에 관련된 무공이다.

"화아……."

강기를 다루는 무공이라.

전이라면 몰랐겠지만 이제 와서는 무림에서 강기를 다루는 것이 어떤 의미를 가졌는지를 안다.

수천에 하나가 겨우 도달한다는 초절정이 되어서야 다룰 수 있는 것이 강기다. 강기 앞에서 버틸 수 있는 것은 천하에서 쳐주는 신병이기가 아닌 한 같은 강기밖에 없다.

그런 것을 다루는 무공이라고 하니, 놀랄 수밖에.

―허허. 처음부터 대단한 무공이라고 했잖느냐. 하기야 알지 못하면 감탄도 하기 힘든 거겠지.

"그럼 예전부터 강기라고 하고 가르쳐 주시면 됐잖아요?"

―전이나 지금이나 흉내지 않느냐. 네가 하는 건 아직 완전한 강기는 아니다.

"그럼 강기를 수련하는 게 의미가 없지 않아요?"

―아니다. 때가 되었으니 괜찮다. 너는 모르겠지만, 너는 점점 성장을 하고 있었다. 그래서 때가 온 거지.

"으음…… 그래요?"

자신이 강하다는 건 아무래도 알기 힘들다. 자신의 경지가 어떤지 평가하는 것 자체가 힘든 일이다.

하지만 자신이 아닌 남이라면 평가하기가 쉬울 수밖에 없다.

―그래. 그런 게다. 절정에 이르고 계속해서 성장을 해 나갔다. 이제는 흉내가 아니라 진정으로 강기를 다루기 위한 수련도 슬슬 가능할 거라 여겨 말한 게다.

"흐음…… 깨달음도 없이 가능한 건가요?"

―아니. 이 수련을 하다 보면 깨달음에 가까워질 수 있겠지!

닭이 먼저냐, 달걀이 먼저냐의 문제인가?

깨달음을 먼저 얻어 강기 수련을 하느냐가 먼저인가, 혹은 강기 수련을 하다 보면 깨달음을 얻느냐의 문제인 듯했다.

어느 쪽도 정답은 없다.

하지만 다른 이도 아닌 독존황의 말이다. 그의 스승이자 할아버지의 말이니 따르지 못할 이유가 없었다.

"좋아요. 그럼 바로 시작해볼까요?"

―그래. 첫째는 강기의 완성도를 높이는 것부터다.

강기를 압축하고 또 압축한다. 절정의 검사가 검강 이전에 다루는 완성되지 못한 검강이 바로 검기다.

미욱하지만 검을 형상화한 것!

여기부터 강기의 경지라고도 볼 수 있을 터. 왕정은 검기를 대신하여 부족하나마 독구를 사용하는 수련을 해 왔다.

무기가 아닌 순수한 기를 사용하는 것이기에 다른 이들이 보았을 때는 강기로 보였을지도 모른다.

하지만 엄연히 말하면 완성된 강기는 아니다. 절정의 검사가 사용하는 검기와 같은 미완성체였다.

기가 새어나갔고, 밀집도가 낮았다. 자연스레 완성도는 더욱 떨어졌다.

왕정이 진정으로 강기를 사용할 줄 알았더라면, 수십여 개의 독구도 문제는 아니리라. 더욱 큰 독구도 문제는 아녔으리라.

미완이기에 그러한 것일 터!

이제는 완성으로 나아가기 위해서 더욱 수련의 난이도를 높여가고 있는 그였다.

*   *   *

그가 새로운 수련을 위해서 나아가고 있을 때.

그를 위해서 독을 준비해 온다 말하던 이들은 끊임없이 움직이고 있었다.

련에도 독이 없는 건 아니었지만 그를 만족시킬 만한 수준의 것은 당장 없었다. 그러니 움직일 수밖에.

지난 몇 달간 강한 독을 찾기 위해서 노력을 했지만, 아직 얻은 소득이 없었다.

하지만 오늘만큼은 그 느낌이 다른 듯했다. 독이 있는 곳을 찾았다 말하는 무사의 표정도 자신감에 차 있었다.

무사들의 대장 정도 되어 보이는 자가 물었다.

"여기가 확실하느냐?"

"예로부터 이무기의 둥지라 불렸답니다."

"진짜 이무기가 있을 리는 없으니…… 그에 준한 거겠지."

뱀일 거다. 아주 거대한 뱀. 오래전부터 살아와서 영성을 갖추게 된 뱀들이 때로 중원에선 이무기라고도 불린다.

용케도 그러한 뱀이 살고 있는 곳을 찾아낸 듯하다.

"다가가기만 하면 녹아버린다는 소문이 났으니…… 독도 확실히 있을 겁니다."

"좋다. 바로 움직이도록 하자꾸나."

"명!"

안으로 들어선 그들은 전에는 보지 못할 거대한 뱀을 보았다. 족히 십 장은 되어 보이는 그 크기만 하더라도 보통의 것은 아니었다.

"……정말 이무기라고도 할 수 있을 정도군."

"칩니까?"

고개를 끄덕인다.

련주의 명을 수행하기 위해서라면 목숨을 버릴 수 있는

자들이 바로 이들이다. 망설일 게 뭐 있으랴.

철컥.

—쉬이익?

무언가를 느낀 듯 거대한 뱀이 틀었던 똬리를 풀고서는 주변을 살핀다. 아니, 련의 무사들이 있는 곳을 정확하게 직시하고 있었다.

그들을 제대로 인식하고 있는 것이 분명하다.

'정말 영물일지도.'

상관없다. 빼어 들었던 무기를 들어 거대한 뱀을 향해 달려드는 련의 무사들이다.

"죽어랏!"

—쉬이익!

부딪친다.

*　　　*　　　*

"수확이 아주 없지는 않네요."

강기 수련에 성과가 조금씩 있었다. 새로운 경지를 개척하는 정도는 아니지만, 성장을 해 나가고는 있다고 느낄 정도는 되었다.

당장에 힘이 필요할 상황이 있을 거라고는 생각지 않는

그인지라, 이 정도의 속도로도 만족스러웠다.

　―이제 시작이다. 어쩌면 평생이 될지도 모를 수련인 게야.

　"무공 자체가 평생을 하는 거잖아요. 하하. 그런 거야 당연하죠."

　―여유롭구나.

　"그게 좋은 거 아니겠어요?"

　―그래. 그럴지도. 여아가 또 오는구나.

　"아! 안 그래도 오늘은 새로운 시도를 해 보기로 했죠. 잘됐으면 좋겠네요."

　올 거라 기대했던 독이 아직 안 오고 있었다. 역시 강한 독을 구하는 데는 생각보다 시간이 걸릴 수밖에 없는 듯했다.

　'남의 손에 두고 맡길 수도 없는 일이니까…….'

　그렇다고 왕정이 가만있을 수는 없지 않은가. 독성이 강해지고 있는 생물들을 막을 확실한 방안을 마련해야 했다.

　해서 왕정은 새로운 방안을 진법에서 찾았다.

　그 혼자라면 부족하더라도 진의 천재라 할 수 있는 제갈혜미와 함께라면 가능할 일이라 생각한 것이다.

　다행히.

　"재미있는 활용이 되겠는데요?"

그녀 또한 독지를 위해 진법을 사용해 달라는 왕정의 제안을 쉬이 받아줬다.

호기심에 가득 차 있는 것이 진을 이용해서 독지의 보안을 강화한다는 사실 자체를 흥미로워하는 듯했다.

"오셨군요."

"예. 후후. 오늘 드디어 실험을 해 볼 수 있겠군요."

만독해진(萬獨解陣)과 일장만로진(一障瞞路陣).

거창한 이름이라고도 할 수 있겠지만, 그녀가 지난 몇 달간 다른 진을 개량하여 만든 진법의 이름이다.

만독해진은 독을 막아 낼 수 있다 명명한 진이다.

다른 하나인 일장만로진은 걸려든 생물들에게 혼란을 줘 그들을 제자리로 돌아가게 하는 진이었다. 이는 안과 밖 모두에 유효했다.

제갈혜미가 원리에 대해서 왕정에게 설명은 해 주었지만, 그 반의반도 제대로 파악하지 못한 복잡한 진이기도 했다.

"여기서부터는 독협 님이 설치를 해 주세요. 제가 미리 표시해 둔 곳에 이것들을 가져다 설치하시면 돼요."

"예."

푸우욱. 푸욱.

나뭇조각을 가져다 박는 왕정이다. 무언가가 새겨져 있었는데, 그 내용이 무엇인지는 아직 그도 파악하지 못했다.

'이거면 정말 되는 거려나?'

기초 수준이긴 하지만 진을 사용하기는 하는 왕정이다. 하지만 대규모의 진은 아직 사용해본 바가 없었다. 겪어 본 적도 없었다.

때문에 왕정은 자신이 제대로 일을 하고 있는 건지도 몰랐다. 그 결과로 진이 제대로 작용할지조차도 의문이었다.

'그래도 제갈가의 천재라고 불리니까…… 잘만 응용하면 살진으로도 쓸 수 있다고 했지. 흐음…….'

그저 그녀를 믿고 행할 뿐이었다. 그때까지도 왕정은 몰랐다. 언젠가 단 한 번 이 진이 그의 목숨을 구하는 기회를 만들어 준다는 것을.

"에엣. 거기는 아니에요. 한 치 정도는 더 오른쪽으로요!"

"아, 알겠습니다."

지금은 그저 산의 생물들을 가둔다는 생각에 움직이고 있을 따름이었다.

第十二章

움직이게 되다

[그들이 다시 왔다.]

[이번에야말로…… 제대로 추격한다. 지난번과 같은 실수는 용납이 안 돼.]

[……그래.]

왕정이 진을 설치하자, 그때를 기다렸다는 듯 독을 구해 오겠다던 그들이 다시 왔다.

'사람이 하나 바뀌었는데?'

호위 무사로 왔던 이들 중에 하나가 다른 이로 바뀌었다. 전과는 다른 처음 보는 사람이다.

실제는 독을 구하다 목숨을 잃어 다른 이로 교체가 된 것이지만 거기까진 파악하지 못한 왕정이었다.

"⋯⋯독을 구해 왔습니다."

"어떤 독인지요?"

"모릅니다."

모른다? 어떤 독인지도 모르고 구해올 수가 있는 것인가.

"이름이 없는 독입니다. 양민들에게는 이무기라 불리던 것을 잡아 저희가 새로 구한 거라 볼 수 있는 독입니다."

"대단하시군요."

이무기라니. 진짜 이무기는 아니어도 그와 비슷한 것을 잡았을 터. 어떻게 잡았을지 감도 안 잡힌다.

"때문에 희생이 좀 있었습니다. 저희가 파악하기로는 산의 성분과 마비의 성분을 가진 독 같습니다."

"아⋯⋯."

희생이라니.

이렇게 되면 독을 구해달라고 한 자신이 너무 미안해지지 않는가. 거기까지는 생각지 못한 왕정이다.

무사도 이를 파악했는지 먼저 말해온다.

"마음 쓰실 필요 없습니다. 저희는 약속을 지켰을 뿐입니다. 독협께서도 아시겠지요?"

자신들은 희생을 담보하고도 독을 구해 왔으니 독협 또한 약속을 지키라는 태도다.

'이렇게 되면 안 갈 수도 없게 되잖아?'

자신에게 독을 구해 준다고 희생을 했단다. 제갈혜미 덕분에 독지의 보완 문제가 해결되기는 했지만 이렇게 되면 들어줄 수밖에 없다.

가지 못 할 평계를 대어 봤자 자신만 못난 놈이 될 뿐이다.

'어쩔 수 없네. 흐음……'

―간다고 해라. 대신에 독을 이용하고 떠난다고 하도록 하려무나.

[예.]

―흐음…… 전보다 감이 좋지는 않구나. 그래도 저들의 희생이 있었다 하니 움직이기는 움직여야겠지.

전에 없던 느낌이 든다. 일이 조금씩 꼬여 가고 있는 느낌이다. 어쩌겠는가. 독을 구해 달라 하는 게 문제였으니 들어줘야 했다.

"준비를 하고는 바로 움직이겠습니다. 일주일간의 말미를 주실 수 있는지요?"

"……사흘로는 안 되겠습니까?"

사흘이라. 촉박해 보였다. 하지만 저들의 표정을 보아하니 사정이 있어 보인다. 아주 거절하기는 힘들다.

"……최대한 빠르게 해 보도록 하겠습니다."

사흘. 그 시간이 왕정의 적에게 기회를 주었다.

* * *

그날 밤.

"……큭."

한 사람의 목이 또 따인다. 그대로 목숨을 잃는다. 은신이 부족해서 걸려 죽은 것이다.

"또인가?"

"예. 전에 상대했던 그들인 듯합니다."

"흐음…… 정파의 무사들이 분명할 터. 계속 이래서야 곤란하군."

련주의 명을 받고 움직이고 있는 그들이다. 그것도 하남성이라는 정파의 핵심부에서 움직이고 있다.

지금까지는 괜찮았다. 감시가 붙어도 잘 처리해 왔으니까. 하지만 지금 붙은 감시들은 뭔가 본격적이다.

어떻게 해서라도 자신들의 정체를 알아내고야 말겠다는 일념이 느껴질 정도다.

왕정을 데려가기 위해서 사흘이라는 시간을 버텨야 하는 그들로서는 부담스러운 일념이다. 이래서야 자신들의 정체가 들킬 수밖에 없다.

'어떻게 한다⋯⋯.'

자신들의 정체가 밝혀지면 련주에게 피해가 갈 수 있다. 치료를 필요로 하는 그분에게도 피해가 갈 게다.

왕정 또한 피해가 갈 수 있을 터.

그렇다고 이곳을 떠날 수도 없었다. 사흘만 버티면 일이 성사되는데, 물러나서야 얻는 것도 없게 된다.

이무기라 불리는 것을 잡느라 희생만 낳았는데, 소득도 없어서야 체면이 말이 아니게 된다.

'진퇴양난이군⋯⋯.'

갈 때까지 갔다. 뒤로 빠질 수 없다 여긴 그는 암전(暗戰)을 벌이기로 했다.

"하남에 있는 련의 무사들을 동원해라."

"되려 더 빠르게 들킬 수도 있습니다."

"어쩔 수 없다. 사흘을 버텨야 한다. 사흘이면 된다."

"⋯⋯명."

그의 명에 하남에서 암약하던 사혈련의 무사들이 움직이기 시작했다.

정파의 핵심인 하남에 련의 무사들을 투입해서야 나중에 피해가 막심할 터다. 다시 암약하는 무사들을 투입하는 것도 힘들 테니까.

하지만 그들의 입장에서 이번 일은 꼭 이뤄져야만 했다.

현재의 사혈련이 아닌 다음 대의 사혈련을 위해서라도 이뤄져야만 하는 일이었다.

'어쩌면 돌이킬 수 없는 길을 걷는 것일 수도 있을 터.'

상관없었다. 련의 무사들이 희생돼서라도 이뤄져야 하는 일이다. 이튿날부터 하남의 곳곳에 일이 벌어지기 시작했다.

"불이다! 불!"

"저놈이 불을 질렀어! 내가 봤다고! 어서 쫓아!"

하남에 곳곳에서 사건이 벌어지기 시작했다.

"큭…… 왜…….."

불이 난 것은 시작일 뿐이었다. 강도가 벌어지고, 사람이 죽었다.

련으로서는 그들을 감시하는 자들이 당가의 무사들이 아닌 무림맹에서 보낸 감시라고 여겼기에 일을 크게 키운 것이었다.

하남 곳곳에 무사들을 풀어 일을 일으키면 이곳 평여에 쏠린 감시의 시선이 약화될 거라 여긴 탓이다.

하지만 그것이 그들의 패착이었다.

하남성에서 일이 벌어지자 당가에서 보낸 그들에게는 되려 상황 파악이 쉬워졌다.

[하남 전체에 일을 벌이고 있다. 이렇다면 뻔하지 않은

가?]

　[사혈련. 그들이 아니고서야 이런 규모로 일을 벌일 수 있을 리가 없지.]

　[그렇다면 왕정이란 자가 사혈련과 손을 잡으려 하는 건가? 아니면 환자를 치료하려고?]

　[어느 쪽이든 우리로서는 좋은 방향이다.]

　[그래. 이런 식으로 일을 키워서야 시선이 쏠릴 수밖에 없게 되겠지.]

　왕정은 련과 관련이 없음에도 이번 사건으로 그들과 연관이 될 수밖에 없었다.

　사혈련이 이렇게 일을 크게 키웠으니 무림맹으로서도 일의 진상을 파악하기 위해 하남 곳곳을 뒤지기 시작할 거다.

　그러고는 언젠가 이곳에서부터 일어난 움직임을 눈치 챌 것이다. 또한 그들이 왕정과 만난 것 또한 조사해 낼 터다.

　거기까지 조사를 해내는 것은 무리일지도 모른다고? 무리가 아니다.

　다른 곳이라면 몰라도 이곳 하남에서라면 가능할 일이다. 정파가 모든 총력을 기울여 조사를 할 테니까!

　설사 그런 일이 벌어지지 않는다고 해도, 이들이 벌어지게 할 것이다. 당가의 무사들만으로도 그 정도는 가능했다.

　[이번에는 놈도 피해갈 수 없겠군.]

[그래. 사혈련과 놈을 연관시키면 놈도 빠져나갈 수 없을 거다. 공적으로 만들어 버릴 수 있게 되는 거지.]

[킥…… 일이 커지니 더욱 재밌게 되었군. 조작을 해 보자고.]

왕정에게 독을 품은 당가의 무사들이 기회를 잡았다. 사흘이라는 시간이면 그와 사혈련을 연관시키는 것이야 당가로서 일도 아니었다.

당가의 암수가 다시 뻗치고 있었다.

*   *   *

"확실히 보통 독이 아니네요."

—어디서 구해 왔을지 모를 독이로구나.

독을 보관하는 용기만 하더라도 보통의 것이 아니다. 다른 것에 보관해 왔다면 벌써 녹았을지도 몰랐다. 아니, 녹았을 거다.

산성을 내포하고 있다더니 세상 모든 것을 다 녹이려는 기세다.

"마비시키고, 녹인다…… 적어도 마비는 어지간한 뱀독이라면 다 가지고 있는 성질이긴 하네요."

뱀독은 마비독이 많다. 먹이를 마비시켜야 하는 목적에

만들어진 것이 뱀독이니까.

희귀하기는 하지만 산성을 가진 경우는 꽤 된다. 물어버림과 동시에 마비된 상대를 녹여가면서 삼켜 버리는 거다.

'그중에서도 두 가지 성분을 가진 것은 제일이라고 칭하던가……'

독인이 아니고서야 이 독을 구하려면 보통 희생이 있지 않고서야 불가능하다. 하물며 독인이라 하더라도 피해가 꽤 클 거다.

"귀물을 얻어버렸네요."

—그래. 귀물이로구나.

귀물을 흡수해야 했다. 오랜만에 목숨을 걸 만한 강한 독이다.

'뭐 어쩔 수 없나……'

사람을 희생시켜 얻은 게 내키지는 않지만 흡수해야 했다.

—어서 흡수하거라. 사흘로도 부족할지도 모른다.

"예."

꿀꺽.

목구멍을 타고 들어가는 독의 넘김이 씁쓸하다. 독에 내성이 전혀 없었다면 흡수도 하기 전에 입이 녹았을 거다.

"크으으……"

익숙해지려야 익숙해질 수 없는 통증이 그의 위에서부터 쏟아져 나온다. 자연 내성으로는 더 버티지 못할 극함이다.

—어서!

독존황의 말을 들어 연독기공을 돌리기 시작한다. 그런데 조금씩 통증이 사라져야 하건만 되려 통증이 더욱 커지고 있었다.

'미친······.'

흡수하고 보니, 단순히 마비와 산성의 성질만을 내포한 독이 아니었다. 마비와 산성의 성질 안에 또 다른 성질이 있었다.

마비와 산성의 성질을 중화하던 그 어떠한 성질이 있었다.

그것이 독을 흡수해 내던 그의 내공 자체를 굳게 만들고 있었다. 내공을 굳게 만드는 독이라니, 어디서 들어본 적도 없었다.

내공을 움직이지 못하게 하는 산공독이 전혀 없는 것은 아니지만, 이런 식으로 완전히 굳게 만들지는 않는다.

산공독은 잠시 내공의 움직임 자체를 막는 것이지, 내공 자체를 굳게 하는 것은 아니기 때문이다.

그런데 이건 아니다. 내공을 굳게 만든다. 이대로라면 내공이 굳어 영영 사용하지 못하게 될지도 모른다.

'고작해야 산공독 따위가 아니다.'

어떻게 해야 한단 말인가?

전혀 생각지도 못한 위기다. 어쩐지 감이 안 좋다 했더니, 이 독 때문에 그런 걸지도 모르겠다. 방안이 생각나지 않는다.

—역이용해라. 아마 굳게 하는 그 성질이 마비독과 산성 독을 동시에 있게 했을 거다. 그걸 이용하도록 해!

"⋯⋯크으."

내공을 돌리면서 말을 하면 안 되지만 어쩔 수 없이 신음이 흘러나온다. 어째 자신은 독만 흡수하게 되면 이런 위기가 닥치는지 모를 그였다.

'어떻게든! 어떻게든!'

지금까지 위기를 이겨왔듯이, 이번 또한 그 위기를 이겨내면 되었다.

굳어버린 내공에 집중할 것이 아니다. 우선은 이 성질을 발휘하지 못하게 했던 산성과 마비 독을 먼저 흡수해야 했다.

스으으으.

그의 몸 안에 내공과 세 가지 성질을 가진 독들의 싸움이 끊임없이 계속되고 있었다.

얼마나 되는 시간 동안 사투를 벌였을까? 온몸이 땀에 젖은 채로 끊임없이 사투를 발이고 있는 왕정이었다.

'반은 됐다.'

마비와 산성을 흡수하는 데 성공했다. 그 사이에 다른 많은 내공이 굳어갔지만 그만큼을 얻은 것이다.

내공을 굳게 하는 그 독도, 함께 흡수되었던 마비와 산성에는 버텨내지 못한 것인지 더 전진하지 못하고 있었다.

'이제부터다.'

왕정은 새로 흡수한 독들을 이용하여 굳어버린 자신의 내공을 조금씩 풀어나가기 시작했다. 헌데, 꿈쩍도 하지 않았다.

'뭐지?'

자신이 생각한 대로라면 분명 이 두 가지의 독들을 이용해 굳어버린 내공을 되돌릴 수 있었다.

그런데 정반대다. 꿈쩍도 않는다. 해법은 독존황으로부터 나왔다.

─두 가지 독의 성질을 섞어내야만 한다. 전에도 그러했듯, 모든 독들을 통합해 내야만 해!

난데없이 독의 통합이라니?

그러한 일은 좀 더 경지에 이른 후에야 가능한 것이 아니었던가? 지금의 경지에 할 수 있는 일이 아니었다.

하지만.

'해야 한다.'

여기까지 어떻게 왔는데 죽어 버릴 수는 없지 않은가. 이대로 굳은 내공을 가지고 눈을 떠봐야 온몸의 경맥이 굳은 내공에 막혀버릴 거다.

그리 되면 지금껏 해 왔던 모든 것들이 도루묵이 될 거다.

해골독협으로 있을 수도 없을 테고, 독지 또한 지킬 수 없을 거다. 지금과 같은 일상도 계속해 나갈 수 없을 거다.

힘에 미쳐 모든 것을 건 것은 아니지만, 내공이 준 힘 덕분에 여기까지 온 것이 사실이고 현실이다.

그 현실을 지키기 위해서라도 여기서 멈춰서는 안 됐다.

'해 본다.'

해 보는 거다.

육백비독을 해독할 때 그러했던 것처럼!

이환무독에 미치지 않았던 것처럼!

지금껏 절박한 상황에 놓였을 때면, 어떻게든 버텨왔던 것처럼 어떻게든 해내야만 했다. 이 빌어먹을 몇 번이나 반복되는 목숨의 위협을 극복해야 했다.

"크흡."

보지는 못했지만 자신의 몰골은 말이 아니리라. 눈을 뜨면 시뻘게지다 못해 핏줄이 터졌을 것이고, 온몸은 땀범벅

이 되어 있을 터다.

'죽어도 처절하게 죽어 있겠지. 남이 보기도 힘들 흉한 시체로……'

그렇게 되선 안 됐다.

큭. 이 상황에 남에게 보일 모습을 걱정하는 것도 웃기는 이야기다.

통합을 해 낸다. 지금껏 그러했듯이, 연독기공의 묘리가 그러했듯이 독을 통합해 낸다.

강한 성질인 것뿐이지, 지금껏 해 왔던 일과 다르지 않다. 다만 다른 점이 있다면 좀 더 강한 독이고 어려운 일일 뿐이다.

경지가 낮아, 지난한 일이긴 하되 불가능한 일이 아니다.

고오오오오

그의 주변으로부터 있던 초지(草地)가 녹아들기 시작한다. 그가 뿜어내는 강한 독에 녹고 있는 것이다.

심법을 돌리는데도 그의 내공이 주변에도 뻗쳐나가고 있는 게다. 보통이라면 문제가 발생한 것일 터.

하지만 왕정에게는 아니었다.

뿜어졌던 독이 다시 그에게 흡수가 된다. 마치 호흡을 하는 것처럼, 독이 그의 몸으로부터 뻗어 나왔다가 흡수되기를 반복한다.

단순한 반복이 아니었다! 독의 호흡이다!

그가 독을 흡수할 때마다 그에게 힘이 되는 내공은 더욱 늘어나고 있었다.

'세상 만물 모든 독을 통제한다.' 는 연독기공의 묘리 중 일부를 깨닫는 데에 성공하게 된 것이다.

콰앙!

폭음이 일어난다.

그가 흡수하는 범위가 더욱 커진다. 독의 호흡이 계속될 수록 넓어지고 있었다.

녹색 빛을 띠던 몸이 다시금 정상으로 돌아온다. 쉼 없이 흘리던 땀이 멈춘다. 불룩 불룩 튀어나왔던 종양들이 사라진다.

다 죽어가던 생물이 재생이라도 하는 듯한 모습이다.

시간이 얼마나 지나갔을까?

번뜩.

닫혀져 있던 그의 눈이 뜨여진다.

"후우…… 얼마나 죽다 살아나야 되는 걸까요?"

―하하. 잘하였구나. 잘하였어.

"경지가 조금 올라가려고 하면 매일 이런 고비라니…… 이러다 더 높은 경지에 가려면 몇 번은 더 죽어야 할지도 모르겠네요."

―크큭. 명언이구나. 축하한다. 새로운 경지에 올랐구나.

죽을 고비를 넘기고서 그가 성장했다. 생각지도 못했던, 기대하지도 못했던 성장이었다.

육백비독, 혈운관독, 이환무독. 독지의 모든 독들을 흡수하고도 얻지 못했던 성장을 지금 이 순간에 남이 가져다 준 독으로 하게 된 것이다.

"이런 게 기연이려나요?"

―그럴지도 모르지. 하지만 그동안 꾸준한 수련이 없었더라면 불가능한 일이었을 게다. 내공의 순일함. 강기의 수련. 새로운 응용들. 목숨을 건 대련…… 네가 성장할 기회는 꽤 많지 않았더냐?

"하하…… 그럴지도요."

독존황의 말을 듣고 보니 그리 길지 않은 시간임에도 많은 걸 겪었었다. 당문과 얽혀서 벌인 일들도 그러하고, 독지를 만든 것도 그러했다.

꾸준한 수련은 기본이었고. 오죽하면 침을 가지고 몸을 강화하는 짓까지 벌여 봤다. 별의별 짓을 벌였던 게다.

그러한 것들이 토대가 되어 지금의 성장을 만들어 줬다.

그들이 가져다 준 이무기의 독이란 것은 단지 그동안 쏟은 노력의 결실을 맺는 열쇠였을 따름이다.

"……어쨌든 강해지긴 했군요."

그렇게 사흘이 지나갔다.

그는 죽을 고비를 넘기던 사흘이. 또한 무림맹 내에서는 사혈련의 갑작스러운 움직임에 당황하는 사흘이 지나간 것이다.

당가에게는 새로운 모략을 꾸미기에 충분한 시간이기도 했다.

그가 의방에 모습을 드러내자 미리 기다리고 있었던 련의 무사들이 모습을 드러냈다. 지난 사흘간 그들도 많은 일을 겪은 듯 피로한 기색이 역력했다.

하지만 그들로서도 의방에 나타난 왕정의 모습에는 놀랄 수밖에 없었다.

옷은 독에 녹아 넝마나 다름없는 상태였고, 누가 봐도 죽다 살아난 꼴이었다.

"이제 움직이실 수 있겠습니까?"

"예. 잠시 의복만 정제하고 가도 괜찮겠습니까?"

"……예. 앞서 기다리고 있겠습니다."

"그럼……."

제갈혜미야 이번 일로 걱정이 많긴 하지만, 미리 이야기는 해 두었다.

혹여 독지에 무슨 일이 일어난다면 독지에 설치된 진을

이용하여 알아서 해결을 해내리라. 그녀에게 그 정도 능력은 충분했다.

"가시죠. 안내를 해 드리겠습니다."

"그럼…… 가죠."

그가 의복을 고쳐 입고 나오자마자 무사들이 길을 트기 시작한다.

지난 사흘간 소요가 많았던 하남성이었음에도 불구하고 그들의 길을 막는 자들은 의외로 없었다.

혹시나 정파의 무사들이 자신들의 앞길을 막지는 않을까 우려했던 련의 무사들로서도 당황스러울 정도의 한산함이었다.

그들이 벌인 사흘간의 사건이 괜한 필요였나 싶을 정도다.

'어디까지 가야 하려나?'

그들의 복잡한 속내를 모르는 왕정으로서는 왕진을 가게 되었다는 것에 작은 기대를 하고 있을 뿐이었다.

다른 일에 상관없이, 왕진은 가서 환자만 치료하고 오면 된다고 여기고 있는 것이다.

그의 왕진행이 시작됐다.

第十三章

설득이 오다

　오랜만에 득의양양한 표정의 당기선이다. 그는 제대로
된 기회를 잡았다고 여긴 듯하다.

　"지금까지 있던 일련의 사건은 그가 벌인 일이 분명하
오."

　그의 말에 완헌이 반박한다. 그나마 왕정에게 호감이 있
는 몇 안 되는 이들 중에 하나다.

　"허튼소리. 그가 사냥꾼 출신인 것은 누구라도 아는 바
요. 무공을 익히기 전엔 무림과 전혀 상관없던 사람 아니
오."

　이미 개방을 통해서 왕정의 전행적은 낱낱이 조사가 된

지 오래다. 그의 과거는 깨끗했다.

"그건 그렇다 칩시다. 그럼 그가 무공을 익히는 동안 지원을 받았을 거란 생각은 안 해 보았소?"

"지원은 무슨 지원이오?"

"사혈련의 지원 말이오. 그렇지 않고서야, 그 짧은 시간에 그렇게 빠른 성장이 가능할 리도 없지 않겠소."

"허어…… 말도 안 되는 소리요. 아무리 지원을 해 준다 해도 정도가 있소."

누가 봐도 당기선의 말은 억지였다.

"왜 말이 안 되오?"

"지원을 해서 절정이 되는 거면 어느 문파나 지금보다 절정 고수를 몇 배는 보유하고 있을 거요."

"허…… 그럼 그건 넘어간다손 칩시다."

당기선은 말이 길어지면 완헌에게 밀린다고 여긴 것인지 다른 말로 돌렸다.

"그럼 요 사흘간 있던 사혈련이 벌인 일들은 뭐라고 봅니까?"

"왕정을 데려가기 위해서겠지. 우리가 알기론 왕진을 필요로 한다더군."

완헌은 자신이 얻은 정보를 그대로 말했다. 숨길 것도 없을뿐더러, 이 상황에서는 밝히는 것이 맞았다.

"왕진은 핑계 아니겠소?"

"그럼 왕진이 핑계라면 진실은 무엇이오?"

"사혈련에 들어가기 위함이겠지!"

"허허…… 그가 처음 우리 무림맹과 연을 맺은 것은 사혈련과의 충돌에 있음을 잊은 것이오?"

왕정이 이화를 처음 보던 날은, 그가 무림맹과 인연을 맺은 날이기도 했다.

당시에 왕정은 사혈련 무사들과 충돌하고 있는 이화를 구했었다. 사혈련 무사들을 죽였다는 소리다.

사혈련과 척을 졌으면 졌지, 우호를 다졌을 리는 없는 왕정이다. 사혈련에서도 왕정을 마음에 들어할 리 없었고.

'모르긴 몰라도 정말 치료를 위해서일 확률이 높다.'

완헌은 그리 생각했다.

그가 있던 정의문에서도 가끔이지만 사파 무사들이 찾아와 치료를 청하기도 한다. 그런 맥락의 일일 것이다.

"이번 사혈련이 벌인 일들은 사혈련에게 따져야 할 일이지…… 왕정에게까지 이어갈 문제는 아니라는 게 내 의견이오."

중간에 무슨 오해가 있었을 거다. 아니면 수작이 있거나.

사혈련이나 무림맹이나 서로 충돌하는 것을 원치 않는 상태였다. 서로의 힘이 비등비등하기에 붙어 보았자 서로 손해만 생긴다.

암중의 전투는 이어져도, 겉으로는 지금의 평화로운 상태가 서로 나았다.

'모르긴 몰라도 이번 일은…… 왕정을 제하고도 다른 무슨 이유가 있었을 거다.'

당가의 무사들이 사혈련의 무사들을 조사하려 달려들다 생긴 소동이라는 것이 진실이다.

당가의 무사들이 사혈련의 무사들에게 깊게 달려들지만 않았더라면 하남에서 소문 따위는 일어나지도 않았을 거다.

하지만 그런 사실을 말할 리 없는 당기선이다. 무림맹에 보고조차도 하지 않았다.

다만 당가의 당기선으로서는 지금의 상황을 이용하기 위해 혈안이 되어 있을 따름이다.

"허…… 그럼 왕정이란 자가 왕진을 위해 갔다 칩시다. 그가 왕진을 가서 치료하는 자가 사혈련의 핵심일지 또 누가 압니까?"

"그는 의원된 입장에서 치료를 하는 것뿐이오."

"그의 치료가 무림맹에 해를 끼칠 수도 있음입니다!"

이렇게까지 대화가 이어지면 완헌으로서도 한 수 물러날 수밖에 없다. 사혈련의 편을 들 수도 없었으니까.

"크흠……."

당기선의 기세가 커졌다.

"전 정의대주의 말대로 왕정이란 자가 치료를 위해 간다고 칩시다. 사혈련과도 연이 없다고도 치죠."

"그렇소."

"그렇다면 그에게 왕진을 가지 말라 말하는 건 어떻습니까? 무림맹과의 연도 있으니 사혈련의 사람을 치료하는 것은 말아 달라 말하는 겁니다."

"허어……."

억지라면 억지다. 하지만 완헌의 주장을 끌어다 써서 이렇게 억지를 부리면 완헌으로서도 난감할 수밖에 없었다.

"왜요? 문제가 있습니까? 왕진만 가지 말자고 하는 겁니다."

"……."

여기서 완헌이 사혈련의 인물을 치료하자고 말한다면, 무림맹에 속한 이로서 해선 안 될 말을 한 것이 된다.

그렇다고 왕정의 왕진을 막자고 하기도 애매했다. 누가 봐도 이건.

'함정이다. 왕정이란 아이의 성격상…… 왕진을 하지 말라고 해도 갈 터인데…….'

그의 생각대로 함정이다.

그가 본 왕정은 친화력 있는 웃음은 지을지 몰라도, 세상과 타협은 할 줄 모르는 아이였다. 자신만의 길이 있고, 그 길을 위해서 나아가는 이가 왕정이다.

그런 이가 사혈련의 사람이니, 왕진을 가지 말라 한다 해서 들을 리가 없었다.

당가의 당기선은 이를 핑계로 다시금 왕정을 압박할 게다. 아니, 이번 일을 어떻게든 가져다 붙여 무림공적으로 만들 수도 있었다.

말도 안 되는 짓이다. 말도 안 되는 소리다.

하지만 지금 당가에서 하고 있는 꼴을 보고 있노라면 분명 그리 일이 벌어질 수밖에 없었다.

"무슨 말이라도 해 보시지요. 그 정도는 가능한 일이 아니겠습니까?"

침묵을 유지하던 완헌이 답한다.

"……좋소이다. 대신 그를 설득하러 갈 자는 관철성으로 하지요."

다른 이라면 몰라도 관철성 관언의 말은 들어 줄지도 모른다. 아니, 꼭 그래야만 했다. 그렇지 않으면…….

그는 무림 공적이 될지 모른다.

"좋소이다!"

그를 설득하기 위한 무림맹 인사들이 출발했다.

＊　　＊　　＊

"그나저나 어디로 가는 거죠?"

출발지야 하남이다. 하지만 목적지는 몰랐다. 그들은 왕진만을 이야기 했지, 목적지가 어딘지는 말하지 않았다.

일행을 이끌며, 자신을 환모라 불러 달라 한 사내도 이제는 말할 때가 되었다 여긴 건지 순순히 알려 주었다.

"호남이오."

"호남이라⋯⋯."

하남의 남쪽. 호북을 지나 내려가야 하는 곳이 호남성이다.

─사파의 영역이로구나.

[그러게요.]

흔히 북은 정파요. 남은 사파라 말한다.

북에는 구파일방을 필두로 하여 정파의 영역이 많다면, 구파일방이 없는 남은 사혈련의 영역이나 다름없다.

물론 예외도 있다.

북에 있더라도 사파, 정파 모두 활동을 거의 않는 북경. 서로가 혼재하는 격전지라 할 수 있는 곳이 중경, 산동, 하북이다.

운남의 경우는 점창파가 있더라도, 독곡이라는 특수한 곳이 있어 완전히 정파의 영역이라 말하지 못하기도 한다.

신강과 서장은 새외의 세력이라 봐도 무방할 정도. 그 한참 위로 있는 북해빙궁 또한 정파, 사파 어느 곳에도 속하지 않는 곳이다.

그중에서도 호남은 확실한 사파의 영역!

하남에 무림맹이 있듯, 호남에는 사혈련의 총단이 있다. 그곳이 목적지라고 하니 이제 와서는 좀 감이 잡히는 왕정이었다.

[사혈련 무사겠네요. 그래도 저한테 왕진이라고 정중히 요청하는 것을 보면 정말 치료가 필요한 사람이 있는 거 같고요.]

—거의 확실하다. 일이 재미있게 되었구나.

사혈련의 무사들을 상대로 살수를 여러 번 펼쳤던 왕정이다. 왕정이야 유감은 없지만 사혈련 입장에서는 척을 진 관계다.

그런데도 자신에게 왕진을 요청했다. 모르긴 몰라도 중독에 관련해서 심각한 후유증이 있는 환자가 있음이 분명하다.

사람 일이란 알다가도 모를 일이라고 하더니, 자신이 사혈련 사람을 치료할 줄은 정말 몰랐다.

[이참에 치료해 주고 서로 척진 것만 해결해도 살만 할지 도요. 하하.]

[그리 간단하게 생각한 일이 아닌 듯하구나.]

현재 그들이 있는 곳은 하남을 지나 무당과 제갈세가가 있는 호북이다.

사혈련의 무사들이나 왕정으로서는 마중을 나올 사람이 전혀 없는 곳이기도 했다. 그런데 누군가가 자신들의 길목을 막고 있었다.

"멈추시오."

"……."

차아앙!

사혈련의 무사들이 자신들의 허리춤에 있던 무기를 빼어 든다. 자신들의 앞을 막는다면…… 충돌이라도 불사하겠다는 태도다.

정파의 영역인 호북임에도 기세를 내 보이는 사혈련 무사들이다.

'관언께서 오셨다?'

왕정은 왕정대로 놀랐다. 지은 죄가 없음에도 놀랄 수밖에 없었다. 하남에 있어야 할 이가 왔다.

"당장 다툴 생각은 없소."

환모가 말한다.

"무슨 용무요?"

"왕정 소협과 이야기를 해 보고 싶소."

환모가 왕정을 바라본다. 일단은 왕정의 선택에 따라주겠다는 의미였다.

"잠시만 이야기를 하고 오지요."

"일각이오."

"그 정도면 충분할 겁니다."

왕정이 환모의 일행을 지나, 그를 미리 기다리고 있던 관언에게로 다가간다.

'수는 오십 정도인가…….'

관철성 관언이야 강한 것은 당연했다.

그렇다면 나머지는?

섭선을 들고 있는 자들이 몇 보이는 것으로 보아 스물 정도는 제갈세가의 인물이다. 도복을 입고 있는 자들은 무당파일 게다.

무복을 입고 있는 그 나머지는 무림맹의 무사들일 터.

기세로 보아서는 만만하게 볼 만한 자들이 거의 없었다. 모두 일류 이상의 무인들만으로 추려왔다.

혹시 모를 충돌까지도 대비를 하고 온 게 분명했다.

"허허. 볼 때마다 사건에 휘말려 있구나?"

"그러고 보니 그렇군요. 저는 가만있는데 매일 이렇게

일이 생기네요."

관언이 이해한다는 듯 말한다.

"때로 폭풍의 핵이 되는 인물이 있기 마련이지."

"그런 건 싫은데 말이죠."

그가 입을 삐죽이며 말한다. 폭풍의 핵이라니. 조용히 살고 싶은 그로서는 좋을 리가 없었다.

그 모습이 귀여웠는지 관언이 크게 웃는다.

"하하. 때로는 그런 핵이 되길 원하는 자들도 있단다. 그나저나 갈 테냐?"

툭 던지듯 묻는 것이지만 많은 것이 내포된 말이다.

"갈 수밖에 없어요."

"약점이라도 잡혔느냐?"

"아뇨. 빚을 졌습니다."

"그들에게 빚을?"

의문이 어려 있는 눈빛이다. 어지간해서는 왕정이 빚을 질 리가 없다는 것을 알기 때문이다.

"예. 제 독지에서 나온 독충이 마을에까지 내려왔던 것은 알고 계시지요?"

"안다."

"그때부터 고민했어요. 독지에서 생물들이 나오지 못하게 하려면 어떻게 해야 할지를요."

"흐음…… 당연한 이야기로구나. 고민을 할 수밖에 없겠어."

그가 만든 독지에서 독을 가진 생물들이 나오면? 독에 중독되어 죽는 자가 속출하게 될 거다.

독이란 것은 사람을 가리지 않으니, 무림맹의 무사들도 꽤 당할지도 모른다.

그리 되면?

당가에서는 희희낙락하며 왕정을 무림공적으로 만들 거다. 사람이 죽게 되면 충분히 그럴 만하다.

"예. 그래서 독공을 강화할 필요가 있다 여겼지요."

"독공을 강화하는 것과 독지가 상관이 있느냐?"

"제 독으로 통제하는 곳이니 제 독공이 강해지면 자연스레 막을 수 있다 여긴 거지요."

일리가 있는 말이었다.

"그래서 그 독을 저들이 구해 줬느냐?"

"예. 왕진을 가주는 대신에 독지의 고민을 해결해 달라 했더니…… 구해다 주었습니다."

"허허허……."

관언이 허한 웃음을 짓는다. 무림맹에 연이 닿은 왕정이 하필이면 사혈련에 독을 구해 달라고 했을 줄이야.

'그럴 만한 아해이긴 하지…….'

그는 사파의 무사도 치료한 전적이 있었다. 사파든 정파든 가리지 않고 치료를 하는 건 이미 알려진 사실이다.

게다가 실리적인 성격도 이미 알려져 있다. 다른 무인들보다 돈을 밝히는 것도 잘 알려져 있다.

그런 왕정이라면 사파든 정파든 관계없이 원하는 독을 주기만 하면 왕진을 나갔을 것이다.

그가 원하는 것은 단지 독이였던 터. 사혈련은 어쩌다 보니 얻어 걸린 것이다. 사혈련으로서는 그를 데려가기 위해 일을 벌인 것이고.

'일이 공교롭게 끼었다.'

중간에 당가의 무인들이 개입해 일이 커진 것까지는 알수가 없는 관언이었다.

"……어떻게 안 되겠느냐?"

하지만 그럼에도 그를 데려가고 싶었다. 막는다고 그만둘 아이가 아님을 알고 있지만 설득을 하고 싶었다.

"……죄송합니다. 받은 것이 있으면 들어 줘야 하는 것이 당연하잖아요."

"정론이구나. 어쩔 수 없는 정론. 그렇지만…… 이번에는 내가 넘어간다 치더라도, 후에는 일이 벌어질 게다."

"그것조차도 제가 감수해야지요. 대가를 받았고, 그 대가만큼 치료를 해 주는 겁니다."

"허허……."

원칙대로라면 왕정이 하는 일에 문제는 없다.

"정파에서 그 정도쯤은 이해해 줄 수 있지 않겠습니까? 저는 진정 치료를 위해 움직이는 겁니다."

"……."

왕정의 말에 관언은 답을 할 수 없었다.

'그래. 정파라면…… 진정 정파의 무인이라면…….'

사파의 무인을 위해서 왕진을 한다는 걸음을 막아서는 안 됐다.

사람이 가진 목숨의 무게는 누구나가 같다. 그가 설사 악행을 한다 하더라도, 일단은 치료를 막지 않음이 옳다.

"……가거라. 나는 널 막지 못하겠구나. 하지만……."

그가 안타까운 눈으로 왕정을 바라본다. 오랜 세월 무림맹에 몸담고 있는 그이니만치, 앞일이 그려지는 것이다.

"후에 무슨 일이 생긴다면 그조차도 제가 감수해야 할 부분이겠지요. 감사합니다."

왕정이 그에게 예를 올린다.

진정성이 담겨 있는 예다. 호감 하나만으로 이만큼 자신을 챙겨주는 관언에 대한 예다. 올릴 수밖에 없었다.

그런 그의 어깨를 관언이 두드려준다. 안타까운 눈은 여전한 채였다.

"가지요."

"그래."

어느새인가 환모의 일행으로 돌아간 왕정은 묵묵히 걸음을 재촉할 뿐이었다. 그런 그를 관언과 그 일행이 바라본다.

무림맹 무사들 중에 하나가 끼어들어 말한다.

"정말 이대로 두어도 괜찮겠습니까? 이대로라면 그는……."

그 또한 관언을 상사로 두고 있어서인지, 안타까운 눈으로 왕정을 바라보고 있었다. 대충 돌아가는 상황을 파악하고 있는 덕이다.

"어떻게 하겠느냐? 이미 막을 수 없는 걸음인 것을……."

"강제로라도……."

"허허. 그렇게 되었다면 이미 오래전에 그리했겠지. 늦었다. 돌아가자꾸나."

"예."

무림맹의 설득이 실패했다.

완헌이 당기선을 막아서고, 관언이 움직였음에도 그가 사혈련으로 향하는 길을 막을 수 없었다.

이제 앞일은 당가에서 원하는 대로 돌아갈 수밖에 없었

다. 어떤 핑계를 대서라도 그리 만들 당가다.

"허허…… 네 앞날이 걱정되는구나. 잘 헤쳐 나가거라."

어쩌면 다음은…… 무림 공적이 된 왕정과 부딪칠 수도 있음이다.

정파는 썩었다.

第十四章

사혈련주를 만나다

"먼 길에 수고했소이다."

화려하기만 한 대전이었다. 무림맹에도 들러보았고, 객실에도 있어 보았던 그였지만 이런 화려함은 처음이었다.

'뭔가 모순적인데?'

헌데 그 안의 주인이라 할 수 있는 자는 화려함이 없었다. 사치를 부리지도 않았고, 화려함에 자신을 가두지도 않았다.

대신에 그는 그 자체만으로도 모든 것을 압도했다.

대전에 가득 차 있는 화려함조차도, 그의 분위기에 짓눌리는 듯했다. 타고난 분위기가 주위를 압도하는 그런 존재였다.

—사파를 이끌 만한 자로구나.

[무서울 정도네요. 평여의 현령님과는 또 달라요.]

평여 현령 또한 거인이나, 이 사람은 또 다른 분위기의 사람이었다. 왕정은 왠지 자신이 약간이나마 눌리는 것을 느꼈다.

거인(巨人)을 보았기에, 아직 그는 완성되지 못했기에 압박을 느끼는 걸게다.

'더 눌릴 필요는 없겠지? 지고 들어갈 것도 아니고⋯⋯.'

하지만 이내 기를 북돋우며 자신의 기세를 갈무리 하는 왕정이었다. 그런 그를 본 사혈련주의 눈에 이채가 어린다.

"좋군."

"감사합니다."

"하하. 해독을 잘한다기에 어떤 이인가 하고 불렀음인데⋯⋯ 걸출한 이를 보았어. 아주 좋아."

그릇이 넓었다. 하기야 이런 자이기에 단독으로 구파일방과 오대세가가 연합한 무림맹을 상대하고 있으리라.

그가 아니었더라면 사혈련은 이미 오래전에 무너졌을지도 모른다고 하니, 그의 됨됨이가 큰 것은 당연했다.

"솔직히 말해서 욕심이 날 정도군."

"……."

"하지만 내 밑으로 올 자는 아니야. 그렇지 않나?"

"…… 그렇습니다."

"크큭. 재미있군. 재밌어."

그는 지금의 상황 자체를 즐기고 있었다. 왕정이 그의 수하가 되든 말든 상관이 없다는 태도였다.

한참을 웃던 그가 진지한 눈빛으로 돌아와 묻는다.

"치료할 수 있겠는가? 단순히 독에 중독된 것이 아니야. 태어날 때부터 독에 중독된 아이였네."

자신의 여인이 암수에 당했었다. 뱃속에 있던 아이조차도 함께 당했다.

그 일로 사랑하던 여인은 죽었다. 그리고 여인이 남긴 것은 그녀가 낳은 하나뿐인 보물이었다. 자신의 자식 하나.

그 아이만이 단 하나 남은 사랑의 결실이었다.

사파의 거두이자, 사혈련의 련주로서 사랑을 말하는 것이 우스울 수도 있지만 그에게는 소중한 아이였다.

그런 아이가 태아 때부터 당한 독에 고통스러워했다. 타고난 영특함이 보통이 아님에도 무를 익힐 수가 없었다.

그 아이의 나이가 어느덧 열여덟.

지금까지는 사혈련의 모든 것을 쏟아 부어 가까스로 아이의 명을 이어가는 것이 가능했지만, 이제 그것도 한계다.

이제 와서 왕정마저 치료를 하지 못한다면 더 이상 치료를 할 수 있는 자는 없을 거다. 그렇게 되어서는 안 되었다.

"최선을 다해 봐야겠지요. 받은 것이 있으니 해낼 겁니다."

"……부탁하겠네."

거인(巨人) 또한 아버지였다.

* * *

왕정이 없는 의방에는 때 아닌 많은 사람들이 몰려들었다. 개중에서는 제갈혜미를 찾아오는 자도 있었다.

그의 아버지 제갈운이 그 주인공이다.

그는 안타까운 눈을 하고서는 자신의 하나뿐인 딸이자 자랑인 제갈혜미를 설득하고 있었다.

"돌아가자꾸나. 작금의 상황이 좋지 못하다."

"싫사옵니다."

"혜미야. 이제 더는 한계다. 이제는 물러나야 할 때야. 상황을 설명하지 않았더냐?"

"……."

제갈혜미라고 해서 왜 모르겠는가. 돌아가는 상황을 파악하고 보니 왕정이 무림공적이 되는 건 이미 정해진 수순이었다.

그녀가 여기 남아준다고 해서 그가 무림 공적이 안 될 리가 없었다. 모르면 그게 더 이상한 일이다.

그나마 그녀가 이만큼 있을 수 있던 것도 제갈운의 보이지 않는 배려 덕분일 것이다. 자신의 아버지는 언제고 그녀의 편이었으니까.

'어찌해야……..'

떠나는 것은 정해진 수순이다. 지금 잠시 우겨 버틴다고 해도 한계가 있다.

그러자면 떠나기 전에 그에게 도움이 될 만한 일을 하는 것이 나았다. 안 되는 일을 잡고 있어 봤자다.

"그럼 잠시만 시간을 내주시겠습니까? 하루면 됩니다."

"오오. 그래. 마지막 정리가 필요하다면 그리하도록 하거라."

하루의 시간이 주어졌다.

그녀는 가장 먼저 자신이 머물렀던 방에 들러, 긴 화선지에 서찰을 적어 내려갔다.

짧은 시간이지만 그녀가 생각해 낼 수 있는 최선의 계책이 적혀 있는 서찰이었다. 그의 목숨을 단 한 번 살려줄 만한 서찰이기도 했다.

'이것으로 될까?'

모를 일이다.

그녀는 그를 위해서 최선을 다할 뿐이다. 뒷감당까지는 왕정이 알아서 해줘야 하리라. 무책임하지만 어쩔 수 없다.

'이게 최선이다.'

서찰을 품에 쥐고서는 방을 나선 그녀는 자신처럼 마지막까지 남아 있으려고 하는 아칠을 찾아갔다.

"어서 가야 한다네."

"자네도 상황을 파악했지 않은가? 지금 움직이지 않으면 자네까지 위험해 질 수 있으니."

"그와 친분을 가졌었다는 것만으로도 앞으로가 힘들 것이야!"

"……."

정의방의 다른 이들이 그를 설득하려고 하고 있지만, 그 또한 묵묵부답이었다. 그로서는 현재가 너무 답답한 듯했다.

'독협 님께서 무림의 공적이라면…… 그 누가 무림의 공적이 아닐까? 말도 안 되는 소리다.'

그가 아는 왕정은 무림의 공적이 아니다. 설사 사혈련에 들어간다고 하더라도 무슨 사정이 있어서인 게 분명하다.

자신에게 웃어주며 의술을 배우던 그가 공적일 리가 없었다.

자신의 동료였던 자들이 자신을 염려하여 설득하려 하는 것은 알고 있지만, 그 설득을 받아들이기에는 너무 말도 안 되는 소리였다.

그가 침묵을 유지하며 있으려니 방안에 제갈혜미가 들어 왔다.

"제갈혜미 소저."

"잠시 이야기를 나눌 수 있을까요?"

그녀가 그리 말하면서 주변을 살펴본다. 둘이서 대화할 시간을 달라는 태도다.

"크흠…… 잠시 나가 있겠으이."

"잘 생각해 보게나."

약간은 껄끄러운 기분이 들었지만, 제갈가의 그녀가 아닌가. 정의당의 의원들이 곱게 물러나 주었다.

그렇게 둘이 된 상황. 먼저 입을 연 것은 그를 찾아 온 제 갈혜미였다.

"어려운 부탁을 드려야 할 것 같습니다."

"독협 님과 관련되어 있는 겁니까?"

"예. 그분을 살릴 수도 있을 방안입니다."

"그렇다면 들어드려야지요."

잘 찾아왔다.

그녀는 그리 생각했다. 적어도 아침이라면 내일 이곳을

떠나야 하는 자신보다 도움이 될 것이다.

"마지막의 마지막 날까지…… 독협께서 이곳을 찾아오실 그날까지만 이곳에 있어 주실 수 있으시겠습니까?"

"물론이오. 그분이 공적이 되어도 옆을 지킬……."

제갈혜미가 그의 말을 끊었다.

"그건 안 될 말입니다. 제가 드릴 방안은 독협 홀로만 실행이 가능한 일이니까요."

돌려 말했지만 짐이 된다는 소리다.

의원으로서는 몰라도 무인으로서 자신이 부족한 것을 알고 있기에 아칠은 입술을 꼭 깨무는 것밖에는 달리 할 일이 없었다.

"……확실히 독협께서 살 수 있는 방안입니까?"

"최선을 다한 방안이라고 말할 수 있습니다. 이 이상의 방안은 없을 겁니다. 구명절초 정도는 될 겁니다."

"그것이면 되었습니다. 손에 쥐어진 서찰을 전하면 되는 것입니까?"

"그렇습니다."

"그렇다면 책임지고 전하도록 하겠습니다."

제갈혜미의 손에서 쥐어진 서찰을 그가 꼬옥 붙잡는다. 어떻게든 전하겠다는 의지가 전해질 정도다.

'되었다.'

자신은 떠나더라도, 아칠은 남아주리라. 마지막의 마지막 날까지 남아 전해 줄 것이 분명했다.

이 일로 인해서 무림 공적을 도와주었다는 핑계로 그에게 피해가 간다고 하더라도 그는 실행할 것이다.

그녀가 보기 아칠은 몇 안 되는 정파의 정신을 가지고 있는 자이니까.

"……감사합니다."

"독협께 살 방안을 마련해 주었으니 되려 제가 감사합니다."

제갈혜미의 방안이 아칠의 손에 넘겨졌다. 그러면 분명 전해 줄 것이다.

이튿날.

그녀가 변심했을까 걱정하는 것인지 제갈운은 이른 아침부터 의방을 찾아올라왔다.

"가자꾸나."

"예."

제갈혜미가 의방의 반대편으로 순순히 발걸음을 옮기기 시작한다.

자신이 할 수 있는 것은 모두 했으니 이제는 모든 일을 하늘에 맡기는 듯했다.

'그리울지도……'

어쩌면 마지막으로 바라보는 것이 될지 모를 의방을 그녀가 뒤를 돌아 바라본다.

한 명이 떠났다.

*　　*　　*

―아름답구나.

독존황조차 감탄을 할 정도다.

병약함에서도 아름다움이 피어날 줄이야.

태양 한 번 보지 못한 듯 새하얀 피부에 핏줄이 비칠 정도다. 살결은 만져보지 않아도 알 정도로 고왔다.

하얀 피부에 청초함이 엿보임에도, 여염집 여인들보다는 짧게 입은 치마 사이로 보이는 다리에 야릇함이 공존하고 있었다.

그럼에도 싸 보이지 않았다. 사혈련주의 피를 타고나서인지 고고함조차 보일 정도다.

제갈혜미와는 또 다른 모습의 미를 가진 여인이었다.

"처음 뵙겠습니다. 사도련이라고 해요. 절 치료해 주실 분이라구요?"

청초함. 야릇함. 고고함. 그것에 하나를 더 보태야 했다.

아픈 몸을 타고났음에도 그녀는 당찼다. 아픔 속에서도 지지 않겠다는 듯 당당한 눈을 하고 있는 그녀다.

"예. 부족하나마 치료를 하려 왔습니다."

"부족하면 안 돼요. 정말로 살고 싶거든요. 그러니 치료해 주세요."

솔직하기까지 하다. 재미있는 여인이다. 다른 사람이라면 아무리 환자라 해도 이런 말은 안 했으리라.

"예. 해 보겠습니다."

"그럼 바로 시작할까요?"

"예. 그러려고 왔습니다. 손목을 주시지요. 저항하면 안 됩니다."

치료가 시작되자 다른 이들은 자연스럽게 물러났다. 왕정의 치료를 방해해 봐야 득이 없다는 것을 아는 터다.

그래도 보이지 않는 곳에는 여러 무사들이 은신해 있었다. 경지가 오르지 않았다면 모를 인기척이었다.

'신분을 생각하면 당연하긴 한 거겠지…….'

왕정은 그리 생각하며 손목을 통해 자신의 진기를 불어넣었다. 독기가 얼마나 침입해 있는지를 보는 것이다.

많이 해 본 일이기에 독기를 살피는 것이야 쉬웠다. 가만있어도 느끼는 것이 독기니까.

"하……."

그런데 상황이 심각했다.

골수까지 뻗쳐 있다라는 말이 비유가 아니다. 그녀의 뼈 하나, 하나. 핏줄 하나, 하나에 독이 퍼져 있었다.

아니, 독과 함께 공존하고 있었다.

태아 때부터 중독이 되어 있었다고 하더니, 독 그 자체가 그녀의 몸에 스며들어 있었다. 저주처럼.

이 정도로 독에 중독되어 있으니 사혈련에서도 치료하는 것이 힘들었을 거다.

—허허. 너로서도 힘들 것이 뻔한 문제로구나.

[예. 이번에 연독기공이 경지에 이르지 못했으면 실패했 겠는데요?]

—천운이로구나.

이무기 독을 흡수한 덕에 육성의 경지에서 칠성의 경지 에 오른 그다. 정확히는 칠성과 팔성의 사이.

독단을 만드는 단계를 넘어서, 독단 그 자체를 크게 키울 수 있는 경지에 이르러 있다. 강기도 아직 부족하지만 전보 다는 쉬이 다룬다.

독에 대한 이해도가 올라갔으며, 독을 흡수하는 능력도 상승했다. 전반적인 상승이 있었다.

—네가 이번에 성장한 기회로 아슬아슬하지만 치료가 가 능할 터이니 어떻게든 살 팔자였나 보구나.

[그럴지도요.]

그가 독존황과 중독 상태에 대해서 판단을 내리고 있으려니, 애가 탔는지 그녀가 먼저 물어 왔다.

"치료는 가능한 건가요?"

"될 거 같습니다. 아주 아슬아슬하지만요."

그녀의 눈이 놀람으로 가득 찼다.

"정말요?"

"예. 하지만 그 치료 방법을…… 련주님과 상의해야 할 거 같습니다."

"예? 아버지라면 당연히 치료를 하라고 하실 건데요?"

"그게……."

"대체 어떤 건데요?"

여기서 말할 바가 아니었다. 왕정은 련주와 상의를 하기로 마음먹었다.

"…… 련주님과 상의를 하고 오겠습니다."

치료를 위해서 넘어야 할 장벽이 있었다.

련주는 전에 없이 밝은 표정이었다. 왕정이 치료를 할 수 있다는 소식을 그가 오기 전부터 알고 있는 듯했다.

방에 있던 다른 무사들이 미리 전해 주었을 터다.

"그래. 치료가 가능하단 말인가?"

"예. 가능은 합니다. 그런데……."

왕정이 뜸을 들인다. 치료를 위해서이기는 한데, 과연 말을 해도 괜찮을지를 모를 그다.

'젠장. 골수마다 파고들어서 어쩔 수가 없긴 한데…….'

치료법이 좀 엄하다. 모든 골수에 파고든 독을 제거하기 위해서는 골수 하나, 하나를 다 해독해야 했다.

사람을 이루고 있는 이백육 개의 뼈를 모두!

손의 뼈는 그렇다 치자. 팔의 뼈도 넘어가자. 그래. 머리와 목도 괜찮다. 문제는 그 다음부터다.

다리는? 허리는? 가장 중요하다고 할 수 있는 발은? 중원에서 발은 남편에게만 보이는 곳이다.

치료를 위한 행위라고는 하더라도 엄한 치료가 될 수밖에 없다. 이러니 련주에게 허락을 받으러 온 것이다.

"그런데?"

"골수마다 독이 스며들어 있음을 알고 계시겠지요?"

"그 정도는 파악했네. 사혈련에도 의원들이 있긴 하니까. 문제는 그게 치료가 힘들었단 거겠지."

"예. 그게 문젭니다."

"그게 문제라? 치료를 하는데 그게 문제라? 치료가 된다고 들었네만? 대체 무슨 말인가."

"골수까지 파고들어 있으니…… 골수 하나, 하나를 해독해야 합니다."

"그렇겠지."

"아시다시피 저는 내공을 이용한 기공치료를 하는 것이지. 약을 이용한 치료를 하지는 않습니다."

"쉽게 말하게나. 뜸 들이지 말고."

치료를 할 수 있으면서도 뜸을 들이는 게 마음에 들지 않는 듯했다. 련주의 인상이 조금 찡그려진다.

왕정이 눈을 질끈 감고는 말했다.

"하나, 하나 손을 대고 치료해야 합니다. 뼈에 가까이 접하기 위해서는 주물러야 할지도……."

"헛."

그제야 상황을 파악한 사혈련주다.

'주무른다고?'

자신의 딸을 주물러야 한단다. 치료를 위해서기는 하지만 주물러야 하다니. 기공치료에 그런 과정이 있기야 하다.

그렇지만 그런 식으로 독을 해독해야 한다니? 련주로서도 여기까지는 생각을 한 적이 없었다.

이제야 왕정이 왜 저리 걱정을 했는지 알 만했다. 어염집의 처자도 주무르는 것이 힘들 터인데, 자신의 딸은 사혈련의 금지옥엽이 아닌가.

다른 사혈련 무사들이 왕정에게 원한을 가진 이들이 있

음에도 참고 넘어간 것은, 자신의 딸을 치료하기 위함이기
에 가능한 일인 터다.

덕분에 왕정을 데려오는 일이 커졌음에도, 조용히 일을
처리할 수 있었던 련주이기도 했다.

련의 무사들이 왕정을 데려오는 것에 반감을 가졌더라면
련주로서도 일을 추진하기 힘들었을 게다. 때문에 처음에
는 조용히 일을 처리했던 것이기도 하다.

"⋯⋯그 외에는 달리 방법이 없는가?"

"저라도 방법이 있으면 합니다만은⋯⋯."

"하⋯⋯."

시름이 깊어지는 자. 그 이름은 아버지일지니.

*　　　*　　　*

당기선은 신이 났다.

"역시 그는 사혈련에 투신을 하려고 함이 분명하오."

"환자를 치료하러 간다 했소."

관언이 반박을 해본다. 하지만.

"아니, 그게 아니더라도 일단 사혈련과 연이 있지 않소?
언제든 넘어갈 수도 있을 거요."

"대체 왜 넘어간단 말이오?"

"허어. 정말 모르시오? 그가 이미 전애 전에 우리 사천 당가를 척진다 말했지 않소. 그러면 당연히⋯⋯."

그의 말을 끊어 말한다.

"우리 당가라는 말은 우리에게는 포함이 안 되는 말이오. 게다가 척을 진 것은 사실 따지고 보면⋯⋯."

"허허⋯⋯ 일단은 결과만 봅시다. 척을 진 것은 맞지가 않소이까."

가만히 상황을 지켜보던 청성파의 장로인 화웅 진인이 끼어든다. 당기선을 편들어 줄 태세다.

"척을 진 것이야 그렇다손 쳐도. 그는 그대로 두면 의방만 운영할 자요."

"이미 우리가 막았음에도 넘어갔던 자요. 게다가 사혈련과도 연이 있고, 우리 당가와는 척을 졌으니 공적이라 해도 문제 있을 리가 없잖소?!"

우기는 것이다. 하지만 이런 우김이 묘하게 먹혀들어 가고 있었다. 다른 수뇌들이 당기선의 말에 고개를 끄덕이고 있었다.

'⋯⋯ 이렇게 만들어지는 것이 공적이었던가. 어이가 없군.'

다른 수뇌들이 가만 상황을 지켜보는 것으로 보아, 이미 당기선에게 무언가 약속을 받았음이 분명하다.

뜻을 관철하기 위해서 뭔가 이득을 나눠줬겠지. 아주 웃기는 노릇이다.

이 회의장에서는 자신이 나설 필요도 없이 상황이 완전히 기울어져 있음을 느낀 관언이다.

어쩐지 완헌 또한 침묵을 유지하고 있는가 했더니, 이미 설득이 소용없음을 알고 있기에 저러한 것이다.

"이야기가 길어지는 것 같으니 거수를 해 보는 것이 어떻소이까?"

"……그러지요."

"왕정을 공적으로 선언하는 것에 찬성하는 자들은 손을 들어 주도록 하시지요."

처억. 척.

관언과 완헌, 제갈세가, 정파의 정신적 지주인 소림사. 그리고 의외로 무당파의 현청운 장로가 침묵을 유지한 것을 제외하고는 모두가 손을 들었다.

대세가 기울었다. 왕정이 무림 공적이 되었다.

"그가 자신의 의방으로 돌아오면! 그날 바로 선언을 해서, 단번에 잡도록 하지요! 그게 희생도 없고 쉬울 테지요."

어이없는…… 상황이었다.

第十五章

치료를 시작하다

"나가야 할지도 모르겠다."

"그건 너무 극단적이지 않아?"

정우다. 안 그래도 전의 일로 환멸을 느끼고 있던 정우로서는 현재 벌어지는 무림맹의 상황이 마음에 들지 않았다.

다른 이도 아닌 왕정을 무림공적으로 만들겠다니? 당가와 척을 졌다 해서 그 정도까지 해야 하는가?

당가와 척을 지어 싸우는 것도 실상 따지고 보면 당가가 먼저 건드려 그렇게 된 것이 아닌가.

그런데도 무림맹의 수뇌라는 자들은 회의를 벌여 왕정을 무림맹의 공적으로 몰았다. 말도 안 되는 소리다.

십해단과 백해단을 그가 싸게 팔아준 것만으로도 무림맹에 대한 공이라고 할 수 있다. 잠시지만 학관의 사범도 했다.

위험에 빠졌던 이화를 구해 줬었다. 그런데도 공적이라고 한다.

'남을 필요가 뭐 있겠는가.'

이 상황에서 왕정을 돕지 못할 것이라면 차라리 떠나는 것이 나았다. 굳이 그에 대한 의리가 아니더라도 떠나는 게 나았다.

이런 곳이 정파를 대표하는 무림맹이라면 더 있을 필요가 없었다.

그가 단호함을 담아 말했다.

"아니. 나는 왕정을 그리 오래 보지는 못했으나…… 그가 공적이 될 인물이 아니라는 건 안다. 그건 너도 알지 않나, 아영?"

"……그래. 그건 그렇지."

"그런 왕정을 공적으로 선포한다고 한다. 우습지도 않게 평여로 돌아오면 공적으로 선언하겠다더군? 이게 뭘 의미할까?"

답이 정해져 있는 물음이었다.

"최소한의 피해로…… 잡으려는 거겠지. 실리를 위해서."

"설령 왕정이 진짜 공적이라고 하더라도 무림맹은 그리 해서는 안 됐다. 정말 공적이라면 바로 선언을 하고 잡기 위해 움직여야 하겠지."

"……."

그녀가 침묵한다.

무림맹은 실리를 택했다. 되도 않는 이유로 공적을 만들고, 거기에 실리까지 택했다는 소리다.

정파라는 이름을 달고 있는 무인들로서는 하지 말아야 할 일들을 한 번에 너무 많이 해 버렸다.

모르긴 몰라도, 무림맹에 속한 많은 무사들이 이번 일로 인해 환멸을 느꼈음이 분명하다.

"나는 용기도 없으며, 부족한 무공을 가진 놈이기에 그를 돕지도 못할 거다. 그렇다고 그를 잡는 데 손을 보태기는 싫다. 그러니 떠난다."

"다시는 오지 않을 거야?"

"그래. 더 있어서 무얼 할까? 그러니 딱 한 번만, 묻겠다. 아영, 그리고 이화. 함께 떠나지 않겠어? 당장 돕지는 못해도 언제고 그를 돕기 위해서."

"헤에…… 그렇게 말하면 거절도 할 수 없잖아. 그런데 일단 그 녀석이 살아남기부터 해야 할 텐데?"

"살아남을 거다. 그 녀석이라면……."

가만있던 이화가 보탠다.

"하늘이 무너져도 살아남아."

확신을 담고서. 그에 안전을 기원하듯이.

"그 뒤는 우리가 책임져 주면 되겠지. 가자구. 해야 할 게 많은 거 같으니까."

"그래."

이화, 철아영, 정우. 셋이 무림맹을 떠났다.

*　　　*　　　*

"오늘부터는……."

그녀의 얼굴이 붉어진다. 왕정 또한 신경을 안 쓰려고는 하지만, 조심스러워지는 것까지는 어쩌지 못했다.

"예. 다리랑 팔은 다 끝났으니까요…… 아무래도 허리에서부터 타고 올라가야 머리까지 치료가 됩니다."

"……네."

샤라락.

왕정을 등진 채로 그녀가 조심스럽게 자신의 웃옷을 벗는다.

하야디 하얀, 티끌 하나 없는 나신이 그의 앞에 모습을 드러낸다. 적당히 보기 좋은 둔덕도 살짝이지만 눈길을 끈다.

'제대로 치료를 하려면 어쩔 수 없지.'

왕정이 눈을 질끈 감고는 말한다.

"그대로 누워주세요. 치료를 시작해야 하니까요."

"……네."

치료를 위해서 깔아 놓은 하얀 천 위에 그녀가 눕는 것만으로도 한편의 미녀도다.

그는 심호흡을 한번 내뱉고서는 누워 있는 그녀에게로 다가갔다. 잔뜩 긴장한 채인 것은 당연했다.

스윽.

"으음……."

왕정의 따뜻한 손길을 느낀 건지 그녀가 작게 신음한다. 기가 어려 있어 느낌이 묘해 어쩔 수 없이 나오는 신음이다.

잔뜩 긴장한 왕정으로서는 그도 모른 채로 손에 기를 모으고는 그녀의 골수까지 미쳐 있는 독을 흡수하기 시작했다.

"으음…… 하아……."

달뜬 신음이 다시 터져 나온다.

태어날 때부터 자신을 괴롭혀 오던 독들이 빠져나가는 그 기분은 다른 어떤 걸로도 비할 바 없는 행복이었다.

독이 빠져나가는 싸한 느낌은 미래가 없던 그녀에게 장밋

빛 미래를 꿈꾸게 할 수 있는 신호였다.

"흐읏……."

또한 싸늘함과 함께 느껴지는 손길로부터 오는 묘한 따뜻함은 그녀에게 묘한 느낌을 느끼게 만들었다.

처음 느껴보는 그런 기분이었다.

두근. 두근.

왠지 모를 두근거림에 그녀의 얼굴이 붉어진다. 치료에 전념하고 있는 왕정은 잘 모르지만, 자신이 낸 신음에 부끄러워하는 게다.

그렇게 왕정의 치료는 단계별로 이어지고 있었다.

"후우…… 수고하셨습니다. 이제는 회복만 하시면 됩니다."

첫날에는 손. 그 다음날에는 다리. 이어져서 둔부, 가슴까지.

묘하디 묘하게 이어져가던 그의 치료도 결국에는 막을 내렸다. 이백육 개의 뼈를 전부 치료하는 것에 성공한 것이다.

'세상 제일 피곤한 치료였다…….'

해독 자체가 그의 장기임에도 불구하고 이번 치료는 진정으로 힘들었다. 끝이다.

"저, 정말로 치료가 된 것인가요?"

"예. 필요하시면 다른 의원에게 검사를 받으셔도 됩니다."

"아……."

받을 필요가 뭐 있는가? 그를 믿지 못해서 물은 것이 아니었다.

약을 먹어도 매일같이 그녀를 괴롭히던 고통이 없어진 것이 가장 큰 증거였다. 이제는 약을 먹지 않아도 괜찮다.

평생을 달고 갈 것 같았던, 자신을 갉아먹기만 하던 독이 정말로 사라졌다.

"아아……."

그녀가 아무런 말도 못한 채로 하염없이 멍하니 눈물을 흘린다. 감동이고 감탄이 어린 눈물…… 앞으로의 미래를 그려갈 수 있는 자의 눈물이었다.

그녀를 바라보며 어정쩡하게 서 있던 왕정은 자리를 비켜 주자는 사혈련주의 눈길을 보고 함께 그녀의 처소에서 벗어났다.

"수고했네."

"해야 할 일을 했을 뿐입니다."

련주가 그녀를 위해서 마련했음이 분명한 정원은 꽤 아름다웠다.

련을 나아가서 세상을 보지 못하는 그녈 배려한 듯, 중원

곳곳에 있을 기화요초들이 한데 어우러져 있었다.

"필요한 것이 있는가?"

"지난번에 주셨던 독으로 충분합니다."

정말 그것이면 되었다. 그걸로 경지가 올랐는데 더 욕심을 부릴 필요가 뭐 있을까.

그런 왕정의 말에 련주는 의외라 생각하는 듯했다.

"허허. 들은 것보다 의외로 욕심이 없군?"

"받을 만큼 받았습니다. 아니, 그 이상으로 받았는데 더 요구하면 그건 탐욕이지요."

"탐욕이라…… 내 딸아이를 살렸는데 그 정도 탐욕 정도야."

원한다고만 말하면 뭐든지 들어줄 기세다. 그라면 어지간해서는 다 들어줄 수 있을 거다.

'그래도 되었지 뭐…… 왠지 이번 치료는 보람도 있었고…….'

태어날 때부터 아팠던 이를 치료했다. 그녀가 하염없이 흘리던 눈물은 세상 어디서도 볼 수 없을 순수한 눈물이었다.

그거면 충분하지 않겠는가?

"돌아갈 것인가?"

"예. 가야 할 곳이 있으니 돌아가야 하지 않겠습니까?"

"허허. 가야할 곳이 있다라…… 그래. 아직은 모르겠군."

런주의 목소리가 왠지 무겁다. 또한 한편으로는 기쁨이 어려 있는 듯도 했다. 무얼 의미하는 눈빛일까?

"일단은 쉬도록 하게. 자세한 것은 내 내일 말해 주도록 하지."

"예. 그럼 떠나기 전에 뵙겠습니다."

"그러게나. 그리고 이건 그 아이의 아비로서 작은 호의네."

목함이었다.

*   *   *

다사다난함이 그의 앞에 계속해어 이어지고 있었다.

사혈련에 오는 와중에 완헌을 만난 것과, 사혈련주를 마주한 것, 마지막으로 그 무지막지하게 난감한 치료까지.

무엇 하나 쉬이 대할 만한 것이 없었고, 힘듦이라면 힘듦을 가져다줬다. 거기에 오늘은 기이할 정도로 호기심이 어려 있었던 런주의 눈빛까지.

"대체 무슨 일일까요?"

—표정을 보아하니 좋은 일은 결코 아니구나.

"예. 그거야 그렇긴 한데…… 흐음. 일단 이거부터 살펴

볼까요?"

그가 방에 들어서기 직전 련주가 건네주었던 목함은 척 봐도 귀하다는 느낌을 가지게 했다. 목함만 해도 가격이 꽤 될 거다.

타악.

"호오……."

목함을 열어 보니 싸하면서도 맑은 향이 그의 처소 내에 그득하게 깔리기 시작했다. 목함에 있는 작은 환 덕분이다.

—영약이구나. 사혈련주에게도 귀한 것이겠어.

"효과가 꽤 강하겠죠?"

—어지간한 내상은 다 치료함은 물론이고…… 독공을 익힌 너에게도 내공 증진을 줄지도 모르겠구나.

"독이 아닌데도요?"

—좋은 영약이란 본래 그러하다. 물론 네가 독공을 익혔으니 내공이 올라가는 효과가 반 이하로 급감하긴 할 게다.

"에…… 그건 좀 아깝네요."

—허허. 내공이야 이미 독정에 가득하지 않느냐? 혹시 모를 내상에 약으로 사용하면 될 일이지.

"으음…… 그것도 그렇긴 하네요."

독존황의 말대로 내공이야 이미 이 갑자가 넘는다. 무지막지한 내공을 쌓아두고 있는 셈이다.

연독기공이 마공인 데다가, 여러 행운이 겹쳐 많은 내공을 흡수할 수 있게 된 덕분에 가진 내공이다.

그러니 내공에 관해서는 더 필요가 없을 정도다. 되려 내상약 같은 것은 전혀 없었으니, 이것으로 언제고 도움이 될 것이다.

"흐음…… 확실히 딸을 사랑하긴 하나 보네요. 이런 귀한 것도 넘겨주고요."

─아비의 마음이란 다 그런 거겠지. 허허.

"그런가요?"

고아인 그로서는 아버지의 마음이란 것에 괜히 마음이 무거워질 뿐이었다. 그에게는 다시 느끼지 못할 그런 기분일 테니까.

'아니, 아니지…….'

그래도 할아버지인 독존황이 있지 않은가. 비록 자신을 따뜻하게 안아 줄 수도 없고, 피도 이어져 있지 않지만 그래도 하나뿐인 가족이다. 이제 와서는 아주 소중한 사람이다.

되려 다른 가족들보다도 더욱 가깝지 않은가. 떼려야 뗄 수가 없는 관계에 있는 둘이니까. 가깝지 않으면 그게 더 이상하다.

"할아버지. 계속 함께 할 거죠?"

괜스레 실없는 소리를 해 보이는 왕정이다.

—허허. 그게 무슨 소리냐? 떨어지고 싶어도 떨어질 수도 없는 것을…… 허허. 네가 치료를 하느라 힘들긴 힘들었구나.

"하하. 피곤하긴요. 그냥 좀 해본 거지요."

—실없는 소리 하지 말고 오늘은 이만 자도록 하거라. 많이 피곤할 테니까.

"예. 할아버지도요."

많이 피곤했던 것인지, 눕자마자 곯아떨어지기 시작하는 독존황이다. 그의 감각을 공유하고 있는 독존황이 작게 중얼거려 본다.

—녀석도…… 그래. 오래 함께 하자꾸나.

독존황에게 왕정은…… 다시없을 가족이었다.

*　　　*　　　*

이튿날. 피곤했던 몸을 추스르고 련주를 보게 된 왕정이다. 영약에 대한 감사의 인사도 올려야 했고, 떠난다는 것에 대한 인사를 올리는 것도 목적이었다.

헌데 그런 인사들을 올리기도 전에 청천병력의 말을 들었다.

"그게 정말입니까? 제가 공적이라니요?"

예가 아님에도 다시 확인을 해 볼 정도였다. 너무도 어이가 없는 상황이다.

그의 말에 련주가 단언을 하듯이 말했다.

"그래. 확실한 정보이네. 무림맹은 그대가 내 딸을 치료했다는 이유로…… 그대를 무림 공적으로 선언할 걸세. 당가와 척을 진 것도 이유가 되겠지."

난데없이 무림 공적이라니.

사파의 무인이라고 해서 전부 무림 공적이라고 하지는 않는다. 그랬으면 사파와 정파는 이미 끝없는 전쟁을 벌이고 있을 게다.

무림 공적이 되면.

'정파 무인 전부가 적이 된다…….'

이유를 막론하고 무림 공적으로 선포를 하게 되면 정파는 그를 죽이기 위해서 모든 수단을 가리지 않는다.

때문에 어지간한 죄를 짓지 않고서야 공적이라고 선포하는 경우는 극히 드물다.

사람을 죽여도 수백은 죽여야 공적이다. 여자를 간음해도 수십 명은 간음하고 인생을 망가트려야 공적이다. 아니면 무림에 큰 해악을 끼쳐야만 공적이라고 불리게 된다.

그러니 어지간한 죄를 짓지 않고서는 공적으로 몰리는 일이 없다.

그런데 자신이 공적으로 몰렸다고 한다.

'내가 무슨 죄를 지었다고……'

말도 안 되는 소리다. 자신은 사람을 치료했을 뿐이다. 산채를 하나 통째로 몰살시킨 적도 있으니 되려 상을 받아야 할 정도다. 그런데도 공적이란다. 이 상황을 누군들 이해하랴.

놀라고 있는 그에게 사혈련주가 달콤한 제안을 한다.

"본래라면 공적이 될 그대를 받아들이지 않았을지도 모르네. 한 사람을 얻는 것에 비해 손해가 막심하니까."

"……."

충격에 대답을 않는 왕정이다. 련주는 상관치 않고 말을 이어갔다.

"하지만 그대라면 그 손해를 감안해도 된다 생각하네. 내 딸아이를 치료한 것에 후한 점수를 준 것도 아니라고는 않겠네. 어떠한가? 나와 함께하는 것이?"

"……."

왕정이 멍한 눈으로 련주를 바라본다.

'이 상황에 련에 들어오라고?'

어쩌면 지금의 상황은 련주가 그린 상황일지도 모른다.

그의 수하라는 자가 왕진을 요청하기 전에 조금만 더 조심했더라면 이야기는 달라졌을지도 모른다.

일을 일으키기 전에 자신에게 조금만 눈치를 주었더라면, 자신에게 선택권을 주었더라면 이야기는 달랐을 거다.

련주는 선심을 쓰듯이 말하지만 실상 지금의 상황은 그가 만든 것이나 다름없지 않은가.

'하……'

이미 오래전부터 척을 진 당가만큼 그를 원망하지는 않는다.

딸을 가진 그의 입장에서는 어떤 수단을 쓰든 자신을 데려오는 게 맞는 것이니 그 사이 벌인 일들조차도 이해를 할 수 있다.

하지만 그렇다고 해서 그의 밑에 들어가고 싶지는 않았다. 이런 식으로 모 실자를 선택하기에는 단 일 푼도 내키지 않았다.

"……죄송하지만 힘들 것 같습니다."

"아쉽게 되었군. 그래. 언제든 필요로 하다면 찾아오도록 하게나. 언제라도 받아주겠네."

과연 그에게 의탁을 하는 날이 올까? 없을 거다. 차라리 그가 자신에게 이런 제안을 안 했다면 의탁을 했을지도 모르겠다.

'청개구리 근성을 가져서 이런 걸지도……'

왠지 모르게 씁쓸한 웃음이 나온다.

그놈의 청개구리 근성에 확인을 해 보고 싶어졌다. 진짜 자신이 공적이 되는 것인지 보고 싶어졌다.

멍청한 짓일지도, 어리석은 짓일지도 모르겠지만 봐야만 했다.

정말 자신이 극악무도한 죄를 짓는 자들만 된다는 무림 공적이 되는지를 눈으로 보고 살필 것이다.

자신을 공적으로 선포하는 그들 하나, 하나를 눈에 세기고 바라볼 것이다.

기억하고, 또 기억하여 가슴에 새겨 놓고서는! 자신을 몰아내려 하는 그들에게 싸늘한 비수를 내리꽂아줄 것이다.

"돌아가겠습니다."

"잘 가게나. 무운을 비네."

그가 무거운 걸음으로 사혈련을 나섰다. 목표는 무림맹이 있는 하남이다.

〈다음 권에 계속〉

박정수 판타지 장편소설
FANTASYSTORY & ADVENTURE

뱀파이어
무림에 가다

인간으로서 숨 쉬는 법을 잊었으나 잊지 않으려는 자,
핏줄의 계보를 거슬러 어둠의 일족이 된 자,
붉은 눈의 그림자이며, 야현이라 불리는 자,
그가 무림으로 돌아왔다!

핏빛 눈동자로 연주하는
공포의 선율, 죽음의 송가!

뱀파이어로서 다시 무림에 발을 들인 그날에도
다만 운명은, 찬연히 빛날 따름이었다.

dream
books
드림북스

天下第一
천하제일

ORIENTAL FANTASY STORY & ADVENTURE

장영훈 신무협 장편소설

완전판으로 돌아온 NAVER 웹소설
무협 부문 최고의 인기작!

1년 후 강호가 멸망한다.
그것을 막을 자는 인시에 태어난 이화운뿐.
그를 찾아 위기에 빠진 강호를 구하라!

미모와 실력을 겸비한 여인 설수린, 수수께끼의 사내 이화운.
예견된 운명을 뒤집으려는 그들의 파란만장한 여정이 시작된다.

★
eam
ooks
빌북스

사도연 신무협 장편소설

ORIENTAL FANTASY STORY & ADVENTURE

봉을 삼킨 검

『천마본기』의 작가!
사도연 신무협 장편소설!

"우리 성아는 커서 뭐가 되고 싶니?"
"영웅! 세상을 구하고 누나도 지키는 멋있는 영웅!"
하지만…… 세상은 나를 영웅이 아닌 악마로 만들었다.

dream
books
드림북스

수라왕

이대성 신무협 장편소설

NAVER 웹소설 인기 무협 『수라왕』,
책으로 다시 돌아오다.

산법에 뛰어난 재능을 지닌 명석한 소년, 초류향.
진리를 깨우치고 숫자로 세상을 보게 된 소년,
그가 강호에 첫발을 내딛는다.

인물들의 외전과 뒷이야기를 정리한 설정집 수록!

★
dream
books
드림북스

장담 신무협 장편소설

명호제일해결사

江湖第一解決士

ORIENTAL FANTASY STORY & ADVENTURE

탄탄한 구성과 짜임새 있는 연출로 이루어 낸 장담표 무협·
상대를 죽이지 못해 암살은 꿈도 못 꾸는 반쪽 살수, 사운평·
강호제일의 해결사가 되기 위한 좌충우돌 강호종횡기!

dream★books
드림북스